Linde Knoch

Fisch und Flügel

Märchen und Gedichte
vom Alter und für das Alter

www.VerkanntenVerlag.de

Zur Beachtung:
Dieser Text wurde einer automatischen Silbentrennung unterzogen, die der Autorin viel Zeit zugunsten kreativer Arbeiten erspart hat.

ISBN: 978-3-00-021237-6

VVPN: 00001003
VVRN: 0001
Veröffentlicht im Mai 2007

Vorwort

Die Uhr eines gelungenen Lebens zeigt zwei Zeiten an, die des unvermeidlich biologischen Verfalls und eine gegen den Uhrzeigersinn laufende Zeit, die die Entdeckung der eigenen Identität möglich macht. Zu Beginn des Lebens fühlen wir uns körperlich leicht. Gegen Ende des Lebens sind wir körperlich ungeschickt und schwerfällig. Wir können uns dann aber eine Leichtigkeit des Seins seelisch erarbeiten: Hemmungen abbauen, Wichtiges von Unwichtigem trennen, Vorurteile fallen lassen, Blockaden lösen. Was uns im Leben nicht gelungen ist, sollte uns im Alter nicht noch beschweren. Das Altern und das Alter bedeuten oft Mühsal und Last; die Lebensernte kann uns dann besonders freuen. Wir finden sie im Gewinn der seelischen Fähigkeiten. In diesem Sinn nenne ich das Alter eine „teure Gnade“; es ist „teuer erkauft“ und es ist „gnädig geschenkt“. Teure Gnade ist ein Ausdruck von Dietrich Bonhoeffer, den er im Zusammenhang mit der Rechtfertigungslehre gebraucht. Dieser paradoxe Ausdruck umfasst zugleich das Schwere und das Leichte des Alters.

Die Uhr tickt
deine Jahre tot

Kein Zeiger
zeigt
den Weg zurück

Der Zeitschritt
wird dich
jenseits
weiterführen

Rose Ausländer

Die hier zusammengestellten Märchen und Gedichte nehmen die verschiedenen Aspekte des Alterns und des Alters auf. In Gedichten klingt die Mühsal oft stärker an, in den Märchen steht der Weisheitsschatz der Menschheit stärker im Vordergrund, wenn sie alte Menschen als Ratgeber und Helfer ins Spiel bringen.

Es heißt aber auch „Alter schützt vor Torheit nicht". Davon wissen die Märchen ebenfalls in humorvoller Weise zu berichten. Ich stelle einige Märchen dieser Art an den Anfang der Sammlung. Sie zeigen, wie es uns ergeht, wenn wir selbstbezogen leben und die Chance verpassen, uns zu wandeln.

Die zweite Gruppe bringt Märchen, die vom Mut alter Menschen zeugen, ihre Lage auszuhalten, anzupacken und zu verändern. „Je oller, je doller" ist hier angebracht.

Die dritte Gruppe (hierzu gibt es wohl die meisten Märchen) bringt Beispiele von Alten, die ihre Lebensweisheit als Helfer und Ratgeber einsetzen. Das Bezeichnende vieler dieser Märchen ist, dass die Helfer nicht als mildtätige Schenker auftreten, sondern oft als strenge Zuchtmeister, „alt und weise".

Die vierte Gruppe umfasst Märchen, die auf verschiedene Weise sozusagen den Schritt in die Jenseitswelt ahnen lassen. Die Helden bekommen Rat bei den Ahnen oder von einem anderen Wesen aus einem transzendenten Bereich. In unserer christlichen Kultur heißt es „erst wenn wir die Schwelle überschritten haben, werden wir wahrhaftig wissen".

Den Märchen sind als Anregung zum Weiterdenken An-deutungen angefügt. Ich nenne sie bewusst nicht Deutung, denn Märchen werden von Menschen in unterschiedlicher Weise aufgefasst und verstanden, wobei jede Interpretation auf die dem Hörer oder Leser gemäße Art richtig ist. Ich beschränke mich auf wenige Blicke, die einen Bezug speziell zum alten Menschen haben.

Gedichte sind den Märchen vorangestellt, die einen Bezug zu dem Folgenden haben. In unterschiedlicher Weise geben die Gedichte dem Thema „Alter" Ausdruck: Tod, Wandlung, Auferstehung, auch leise Trauer über das vergangene Leben klingt an, genauso wie Hoffnung, Trost und Zuversicht. Märchen und verdichtete Texte sind positive Helfer, um einen Blick auf das eigene Schicksal und darüber hinaus auf allgemein gültige Wahrheiten zu werfen.

Für Menschen, denen die bildhafte Symbolsprache des Märchens unbekannt oder weniger vertraut ist und die gern etwas darüber erfahren möchten, sei hier eine kurze Erläuterung dazu eingefügt.

Wir sagen, das Märchen spricht in Bildern. Unter Bild verstehen wir zunächst etwas äußerlich Anschaubares. Wir kennen aber auch die Bilder, die jeder Mensch mit dem „inneren Auge“ sehen und erleben kann, gleichsam als seelisches Erleben. Zum Beispiel können wir beim Wort *Wald* erfahren, dass Menschen verschiedene innere Bilder von Wald in sich tragen, je nach den persönlichen Erlebnissen, Erfahrungen, Befindlichkeiten und der Lebenseinstellung verschieden. Der Wald kann erfahren werden als düster, dunkel, gefährlich, als Bereich, in dem man sich verirren und wilden Tieren begegnen kann. Andere Aspekte von Wald können Schutz, Erholung, Geborgenheit, Nahrungsquelle sein, also geradezu das Gegenteil zum Bedrohlichen. Beides ist richtig.

Oder schauen wir uns das Wort *Ei* an. Es ist von frühester Zeit der Kulturentwicklung bis in unsere Zeit hinein ein Symbol für Leben. Das zeigt sich zum Beispiel, wenn wir das christliche Fest Ostern mit bunten Eiern feiern; es ist bezeugt, dass das Ei schon in heidnischen Zeiten genau so verstanden wurde. Das Ei enthält den Keim zu neuem Leben und wurde so zum Symbol fortzeugender Lebenskraft und Fruchtbarkeit. In den mythischen Vorstellungen vieler Kulturen findet sich das Weltenei, das – als Sinnbild der Totalität schöpferischer Kräfte – am Uranfang da war und Himmel und Erde aus sich entließ. Wegen seiner einfachen Form und wegen der Fülle der in ihm vorhandenen Möglichkeiten wird das Ei auch als Bild der Vollkommenheit erfahren. Im Christentum gilt das Ei als Bild der Auferstehung, weil Christus aus dem Grab stieg, wie ein Küken aus der Eischale hervorbricht. So zeigt das Ei die Entstehung aus dem scheinbar Leblosen.

Viele Ausdrücke in unserer Sprache machen deutlich, dass und wie Symbole in unserem gegenwärtigen Leben eine Bedeutung haben. Einen klärenden Gedankenvorgang nennen wir „etwas bebrüten“; darunter verbirgt sich das Ei, das etwas ins Leben entlassen soll. „Das Ei des Kolumbus“ steht für nahezu vollkommene Tat oder Errungenschaft, während ein Mensch, der unreif erscheint, „noch Eierschalen hinter den Ohren hat“.

Das Zusammenfallen verschiedener Bilder zu einem Ganzen macht das Symbol aus, was mit der Bedeutung des griechischen Worte symballein = *zusammenfügen* übereinstimmt. Die Bedeutung eines Symbols liegt nicht in sich selbst, sondern weist über sich hinaus, Es ist keine bloße Bezeichnung für etwas, sondern es ist Erlebnis des Symbolisierten. Deshalb entziehen sich die Symbole auch der Erforschung durch den menschlichen Geist und dem Zugriff des Verstandes. Die Dinge, die im Märchen als Bildwörter auftauchen, sind uns im täglichen Leben vertraut. Sie können aber zusätzlich zum konventionellen Sinn besondere Nebenbedeutungen haben. Darüber hinaus gibt es im Märchen auch die „unrealistischen“ Symbole wie Drachen oder fliegende Pferde und viele andere Wesen. Sie sind aber nicht weniger wirklich und wirksam, als die uns bekannten Alltagsdinge, denn sie sind Ausflüsse unserer Seele. Wer hätte in seinem Leben nicht schon einmal eine so starke Angst oder eine Bedrohung verspürt, dass man dieses abstrakte starke Empfinden mit dem Bild des Drachen hätte vergleichen können. Oder: Die Schwung- und Tragekraft unseres Instinktes kann uns wie ein fliegendes Pferd über alle Hindernisse und Schwierigkeiten hinwegtragen.

Die bildhaften Symbole enthalten etwas Unbestimmtes und Unbestimmbares, etwas Unbekanntes und für uns Unsichtbares, das aber mit dem inneren Auge geschaut und in der Seele erlebt werden kann. Um Märchen zu entschlüsseln und einen Zugang zu ihrer Bedeutung zu finden, sollten wir uns auf innere Bilder einlassen; dann werden sie zu uns sprechen und unsere Erfahrung zu innerem Erleben aufschließen. Mit dieser uns vertrauten Redewendung des Entschlüsselns und Aufschließens sind wir im Bild des Schlüssels. Ich wünsche mir, dass sich den Leser/innen, den Vorleser/innen und Erzähler/innen die Märchen zur Weitergabe an willige Zuhörer/innen erschließen mögen. Wo der Text etwas umständlich oder ungeschickt in der Sprache erscheint, möge man bedenken, dass ich nicht in jedem Fall willens und auch nicht berechtigt war, ihn in mundgerechte Sprache zu verwandeln. Es hat auch einen gewissen Reiz, Märchen so vorzufinden, wie sie dereinst aufgezeichnet wurden.

Zum Titel Folgendes: Das Familienwappen der Annette von Droste-Hülshoff zeigt einen geflügelten Fisch und drückt damit einen immer noch und wohl immer aktuell bleibenden Gedanken aus. Wir Erdenwesen schwimmen im seelischen Element, im großen Ozean des Unbewussten. Nur stellenweise ragen Inseln des Bewusstseins über die Oberfläche. Gemeinhin nehmen wir an, dass diese Über-legenheit unser Leben ausmacht. Mit Carl Gustav Jung bin ich überzeugt, dass es umgekehrt ist. Aber wir können uns aus körperhafter Erdenschwere, Gebundenheit und Unbewusstsein aufschwingen zu Leichtigkeit, Gelöstheit und Bewusstsein im Geist, aus lichtloser Tiefe zu lichtvoller Höhe.

Inhalt

III Alt und weise, in Beziehung zum Anderen und Fremden sein

IV Uralt und ergeben, in Beziehung zum Transzendenten sein

Ferdinand von Saar: Alter
Märchen aus Italien: Die beiden Alten, die alles wussten

Rose Ausländer: Unendlich
Märchen aus Norwegen: Der siebente Vater im Haus

Werner Bergengruen: Erde, Erde, unter deinen Schuhn
Märchen aus Island: Die Liebenden und die Zauberer

Bonhoeffer: Von guten Mächten wunderbar geborgen
Erzählung von Ovid: Philemon und Baucis

Rose Ausländer: Wenn ich vergehe
Märchen aus Rumänien: Die drei goldenen Haare
Rose Ausländer: Jeden Tag sterbe ich

I Alt und ein wenig töricht,

nur in Beziehung zu sich selbst sein

Das Alter ist ein höflich Mann,
Einmal übers andre klopft er an,
Aber nun sagt niemand: Herein!
Und vor der Türe will er nicht sein.
Da klinkt er auf, tritt ein so schnell,
Und nun heißts, er sei ein grober Gesell.

Johann Wolfgang Goethe
1749 – 1832

Frau Holles Apfelgarten

(Deutschland)

Es geschah einmal, dass im Garten der schönen Frau Holle die Apfelbäume nicht mehr gediehen. Unten auf der Erde lebte eine alte Frau, und deren Apfelbäume standen im Frühling in herrlicher Blüte. Wenn der Herbst kam, senkten sich die Äste voll reifer Früchte. Da sprach die schöne Frau Holle zu ihrem Liebsten, dem Junker Tod: „Reite hinab zur Erde und hole mir die Alte herauf. Sie hat nun lange genug auf der Erde gelebt, und es wird Zeit, dass sie zu uns zurückkehrt."

Der Junker Tod reitet hinab zur Erde, klopft bei der Alten an und spricht zu ihr: „Du hast nun so lange auf der Erde gelebt, und meine Liebste, die schöne Frau Holle, will dich um sich haben. In ihrem Garten gedeihen die Apfelbäume nicht mehr. Ich soll dich holen, damit du sie pflegst."

Die Alte hatte aber noch gar keine Lust, die Erde schon zu verlassen, und sie spricht zum Tod: „Ich habe auch eine Bitte: Lass uns noch einmal Karten spielen. Weißt du, am Kartenspiel habe ich immer meine Freude gehabt. Und wir machen es so: Gewinne ich, dann musst du mich hier lassen; gewinnst du, darfst du mich mitnehmen."

Der Tod ist einverstanden. Er denkt, die Alte besiege ich leicht im Kartenspiel. Er wusste aber nicht, dass das Haus der Alten an einer Heerstraße lag und die Alte immer mit den Landsknechten Karten gespielt hatte. Sie kannte alle Kniffe. Die Alte mischt die Karten und gewinnt. Der Junker Tod runzelt die Stirne und spricht: „Lass uns noch einmal spielen."

Dieses Mal mischt er die Karten. Aber wieder gewinnt die Alte, und der Junker Tod spricht: „Jetzt lass uns noch einmal spielen!" Die Alte erwidert: „Gut, aber mehr als drei Spiele werden nicht gespielt. Das ist der Brauch. Über die Zahl drei gehen wir nicht hinaus."

Also spielen sie das dritte Spiel. Wiederum gewinnt die Alte, und sie spricht zum Junker Tod: „Geh nur allein hinauf, was gehen mich die Apfelbäume deiner Liebsten an, mir gefällt es noch in meinem Garten und hier auf der Erde."

So reitet der Junker Tod traurig hinauf in den Garten der schönen Holle. Als er nun allein kommt, da zürnt sie mit ihm und spricht: „Du wirst so lange mein Lager nicht mit mir teilen, bis du mir die Alte heraufgebracht hast."

Es kamen aber gerade die zwölf Heiligen Nächte heran, und der Junker Tod wusste, dass in diesen Nächten jedem die Türe geöffnet werden musste, und sei es auch der größte Feind. Er setzt sich also auf sein Pferd und reitet wieder hinab zu der Alten und pocht an die Tür. Die Alte öffnet. Sie war nicht sehr erfreut, als sie den Tod schon wieder sah, aber was soll sie machen: Es sind die zwölf Nächte, und da muss jedem die Tür geöffnet werden.

Der Junker Tod spricht: „Du weißt, in diesen zwölf Nächten hat jeder einen Wunsch frei. Ich habe nun diesen Wunsch: Setze dich hinter mich auf mein Pferd, reite mit mir bis zur Gartenpforte meiner Liebsten und schau hinein. Ich verspreche dir, wenn du nicht dort bleiben willst, werde ich dich wieder zurückbringen."

Die Alte spricht: „Gut, ich kann dir diesen Wunsch nicht abschlagen. Aber du musst es mir schwören, und du weißt, ein Eid in den zwölf Nächten ist zwölffach wert."

Der Junker Tod schwört, dass er sie zur Erde zurückbringe, wenn es ihr nicht gefalle. Die Alte setzt sich hinter den Tod aufs Pferd, und sie reiten hinauf in den Paradiesgarten. Dort öffnet der Tod das Tor einen Spalt und spricht: „Schau einmal hinein." Die Alte schaut durch das Tor, und da sieht sie die schöne Holle, die hat eine Krone auf aus blanken Sternen, und sie ist umgeben von schönen jungen Mädchen. Aber die Apfelbäume, die sehen kläglich aus.

Da fragt der Junker Tod: „Nun, wie gefällt dir denn der Garten, wie gefällt dir meine Liebste?"

„Ja, sie gefällt mir schon, aber siehst du, sie ist umgeben von lauter jungen Frauen, und schau mich an, wie alt und runzlig ich bin; das wird ihr nicht gefallen."

Da spricht der Tod zu ihr: „Ja, weißt du denn nicht: Wenn meine Liebste dich berührt, dann wirst auch du wieder jung und schön."

„Ja", zürnt die Alte, „weshalb hast du mir das nicht gleich gesagt und lässt mich noch dreimal Karten spielen!" Und sie sprang hinein durch das Tor, die schöne Holle berührte sie, und da war die Alte wieder jung und schön. Dann machte sie sich an die Pflege der Apfelbäume, und seither gedeihen die Apfelbäume im Garten der Holle wunderbar.

(Erzählfassung von Linde Knoch. In: Rauhnächte. hrsg. von Sigrid Früh. Stendel. Waiblingen 1998)

„Mir gefällt es noch auf der Erde! Was gehen mich die Äpfelbäume der Frau Holle an!“

Ein heiteres, erheiterndes Märchen, mit alten Motiven in jungem Gewand. Die Frau Holle im Märchen der Brüder Grimm wird meist als liebenswertes Großmütterchen dargestellt, sowohl in Illustrationen als auch im Sprachton auf Kassetten für Kinder. Dabei wird vergessen, dass es von ihr heißt „sie hatte so große Zähne, und das Mädchen fürchtete sich vor ihr“. Wenn wir ein rechtes Bild von der Hollegestalt bekommen wollen, gehört der Furcht erregende Aspekt dazu.

Das Wort Holle ist verwandt mit Hel, der Unterweltgöttin der Germanen, die Leben spendet und Leben zurück nimmt. Einerseits ist sie die „Holde“ oder „Hulda“, die mütterlich sorgende Göttin, die segnend über die Erde schreitet, den Flachsbau und das Spinnen hütet. Faulen Spinnerinnen verwirrt sie das Garn, fleißigen schenkt sie Spindeln. Bei Göttingen ließ man ein wenig Flachs auf dem Acker ungeschnitten „vor Frû Holle“, und südöstlich von Kassel liegt ein Holleteich, von dem angenommen wurde, dass er der Eingang zum Reich der Frau Holle sei. Sie schickt die Seelen in Kindgestalt ins Leben und ruft sie andererseits als Alte wieder zu sich. Nach alter Überlieferung spinnt sie im Harz in den Rauhnächten, den heiligen zwölf Nächten, aus Flachs ein Netz und fängt als Todesgöttin mit ihm die, die im nächsten Jahr sterben sollen. (Paul Herrmann. Deutsche Mythologie. Hrsg. von Thomas Jung. Aufbau Verlag. Berlin 1994 S. 299 f.)

In unserem Märchen spiegelt sich vieles davon wider. Die Alte wird in den zwölf Rauhnächten geholt; die schöne Holle ist mit dem Junker Tod verbunden; sie gibt oder verjüngt das Leben und sie nimmt das Leben.

Die Apfelbäume der Frau Holle gedeihen nicht, das ist eine unfruchtbare Situation im Paradies – ein seltsames Bild. Im Grimm-Märchen muss das Mädchen auch dem Apfelbaum helfen, die Früchte müssen geerntet werden. Übernimmt ein Mensch, der „lange genug auf der Erde gelebt“ hat, nun eine „himmlische“ Aufgabe? Der Tod wird ausgeschickt, um die Alte für diesen

Dienst zu holen. Sie mag noch nicht die Erde verlassen. Aus anderen Märchen kennen wir das Motiv der Unordnung, in die die Erde gerät, wenn der Tod durch eine List festgehalten wird und seine Aufgabe nicht erfüllen kann. Das Gleichgewicht ist dann gestört.

Auf heitere Art erzählt uns das Märchen, dass es wohl nicht darauf ankommt, ob wir noch Lust zum Leben haben, wenn wir im Jenseits „gebraucht" werden. Der Blick durch den Spalt der geöffneten Paradiespforte ist uns sicher auch nicht immer gewährt. So mag es sein, dass wir uns eine Weile töricht weigern, mit „nach oben" zu kommen, wo wir wieder „jung und schön" gemacht werden und durch die Berührung der Todes- und Lebensgöttin eine neue Aufgabe bekommen. Ein stärkendes Bild: Wer lange genug auf der Erde gelebt hat, kann vielleicht seinem Tod sinnvoll entgegen leben.

***

Mit vierzig Jahren ist der Berg erstiegen,
Wir stehen still und schaun zurück,
Dort sehen wir der Kindheit stilles liegen
Und dort der Jugend lautes Glück.
Noch einmal schau, und dann gekräftigt weiter
Erhebe deinen Wanderstab!
Hin dehnt ein Bergesrücken sich, ein breiter,
Und hier nicht, drüben geht's hinab.
Nicht atmend aufwärts brauchst du mehr zu steigen,
Die Ebne zieht von selbst dich fort;
Dann wird sie sich mit dir unmerklich neigen,
Und eh dus denkst, bist du im Port.

Friedrich Rückert
1788-1866

Der Krötenkaiser

(China)

Es war einmal ein Ehepaar; Mann und Frau waren beide über sechzig Jahre alt. Sie hatten keine Kinder und waren deshalb traurig. Regelmäßig gingen sie zum Tempel, um zu beten, aber der Erfolg blieb aus. Eines Tages sagten sie zum Tempelgott: „Selbst wenn wir ein Tier als Kind bekämen, wären wir zufrieden." Der Tempelgott war einverstanden.

Sie gingen flink nach Hause und stiegen in ihr Ehebett. Wirklich war die Frau bald schwanger, und sie gebar tatsächlich eine Kröte. Gleich hüpfte das Tier herum, und eines Tages sagte es „Vater" und „Mutter" zu den alten Leuten. Sie starben beinahe vor Schreck! Schließlich hatten sie auf einen Sohn gehofft, und was sie hatten, war ein Kröterich. Am besten wäre es, das Tier zu töten. Nun aber bat der Kröterich, ihn aufzuziehen. Nach zwei

Jahren würde er erwachsen sein und könnte seinen Vater ständig begleiten.

Eines Tages war am Stadtwall ein kaiserlicher Aufruf: Die Nordbarbaren seien dabei, nach Süden einzufallen; wer sie besiegen könne, werde reich belohnt und bekäme außerdem eine Prinzessin zur Frau. Kaum war der Vater fertig mit dem Lesen des Plakats, als der Kröterich hochsprang und es abriss, zum Zeichen dafür, dass er der Aufforderung nachkommen wolle.

Ein Beamter führte ihn zum Kaiser, den bat er, ihm fünfhundert Mann, ein großes Pferd und ein schönes Schwert zu geben. Dann ritt der Kröterich nach Norden. Die Nordbarbaren rückten näher mit ihrem Heer, aber als sie eine Kröte zu Pferde sahen, waren sie verwirrt. Der Kröterich benutzte diesen Umstand, stürzte vor mit seinem Schwert und erschlug alle Nordbarbaren. Nach diesem großen Sieg kam der Kröterich zurück und wurde kaiserlicher Schwiegersohn.

Bald aber war der Kaiser auf ihn böse, weil der Kröterich gern auf den Kaiserthron sprang und sitzen blieb, was hässlich anzusehen war. Deshalb befahl der Kaiser, das Tier zu töten. Aber die Prinzessin, also des Kröterichs Frau, war dagegen. Sie erzählte ihrem Vater, dem Kaiser, dass der Kröterich nachts zur Schlafenszeit seine Haut ablege und zu einem schönen Jüngling werde; sie habe sich in ihn verliebt! Der Kaiser glaubte ihr kein Wort, und deshalb kam er in der nächsten Nacht, zusammen mit der Kaiserin, heimlich in das Zimmer der Prinzessin, um nachzusehen. Wirklich, da hing die Krötenhaut am Bett! Vorsichtig nahm er sie und begann sie anzuziehen. Es war nicht einfach, und er brauchte Hilfe von der Kaiserin. Schließlich hatte er sie an, aber jetzt erwies es sich als nicht mehr möglich, sie auszuziehen.

Die Prinzessin aber nahm am nächsten Morgen ihres Vaters Kaisermantel und gab ihn ihrem Gatten. Er zog ihn an und ging damit zu Hofe, während der eigentliche Kaiser fortlief ins Gebirge.

Deshalb heißt es: Wenn eine Kröte stirbt, stinkt es nicht, denn sie ist der Kaiser in verwandelter Gestalt.

(Südchinesische Märchen. Hrsg. W. und A. Eberhard. Diederichs. Düsseldorf 1976)

„Aber nun erwies es sich als unmöglich, die Tierhaut wieder abzustreifen".

Auch in China erzählt man sich Märchen von Eltern, die sich so sehnlich ein Kind wünschen, dass das Wünschen zum Ver-wünschen wird: Unmenschlich wünschen zeugt Kinder, die erlösungsbedürftig sind.

Das kurze Märchen mutet reichlich kurios an, aber wenn wir es auf die wesentlichen Aussagen hin betrachten, ist es sehr konsequent: Liebe ist die erlösende Kraft, und den Jungen gehört die Zukunft. Der alte Kaiser zieht sich eine junge und dazu tierische Haut an; Carl Gustav Jung sagt, das Kind habe zu Recht eine animalische Seelenstruktur, aber der Erwachsene müsse ihr entwachsen, sonst mache er einen Rückschritt in der menschlichen Entwicklung. Der alte Kaiser ist töricht und muss abdanken. Wir sollten diese Erzählung nicht belehrend und tief ernst ansehen. Humor voller Einsicht ist eine von manchen Beschwernissen befreiende Hilfe im Alter. Deshalb setze ich als Erzählerin den Satz hinzu: „Ja ja, so geht es, wenn wir alten Leute nicht rechtzeitig abdanken". Das löst die Spannung wunderbar auf und erheitert die Zuhörer.

***

Weißt du, was in dieser Welt
Mir am meisten wohlgefällt?
Dass die Zeit sich selbst verzehret
Und die Welt nicht ewig währet.

Friedrich von Logau
1604 -1655

Vom Gähnen
oder
Geschichte vom Mann, der sich für tot hielt

(Italien)

Einmal ist ein Bauer in Sorgono gewesen, Meloni mit Namen, der ist eines Tages von daheim weggegangen, und er hat zu seiner Frau gesagt: „Maria, ich steige hinauf zum Weinberg, dort gibt's viel zu tun". Und er ist gegangen.

Wie er so unter der Arbeit ist, es war im Juni und schon sehr heiß, da hat er gähnen müssen. Da hat er gesagt: „Jetzt heißt es aufpassen! Denn wer dreimal hintereinander gähnt, der muss sterben." Und er hat weitergearbeitet. Aber nicht lange, da hat er wieder gähnen müssen. Und er hat gesagt: „Wenn ich jetzt nicht aufpasse, dann muss ich noch einmal gähnen, und dann ist's aus mit mir, dann muss ich sterben." Und er hat einen Schluck Wein getrunken. Aber das hat nicht geholfen, und der Bauer ist noch müder geworden. Und nach einiger Zeit, da hat er wieder gähnen müssen. Und da hat er gesagt: „Aus! Aus ist's mit mir, ich sterbe." Und er hat sich auf den Boden gelegt, und die Hände hat er schön gefaltet.

Und als am Abend der Bauer nicht heimgekommen ist, da ist die Frau zum Nachbarn gegangen und hat gesagt: „Mein Mann ist nicht heimgekommen."

„So" hat der Nachbar gesagt, „und wo ist er denn hingegangen?"

„Er ist in unsern Weinberg gegangen“, hat die Frau geantwortet. Und da haben sie eine Laterne genommen, und zwei Burschen sind noch mitgegangen, und so sind sie hinaufgestiegen zum Weinberg. Und wie sie da hineingegangen sind, da ist Meloni dort tot gelegen und die Hände auf der Brust. Und da haben sie alle geglaubt, dass er tot ist. Und sie haben eine Bahre geholt und haben ihn heimgetragen. Und daheim haben sie ihn auf den Fußboden gelegt und haben Kerzen angezündet, und die Frau hat geklagt.

‚So ist das also, wenn man tot ist' hat sich der Mann gedacht, und er hat sich nicht gerührt. Und man hat alle Bekannten und Verwandten geholt, und sie haben sich da auf den Fußboden gesetzt und haben mitgeklagt. Und als es schon Morgen geworden ist, da kam ein Vetter von Meloni, der hat in Tonara gewohnt, und der ist ihm noch Geld schuldig gewesen. Und da hat sich der Bauer gedacht: ‚Der Vetter ist ein Gauner, und meine Frau weiß nicht, dass er uns Geld schuldig ist. Und wenn ich jetzt nichts sage, dann bekommt Maria das Geld niemals!' Und da hat er sich aufgesetzt und hat gesagt: „Beppe, hast du das Geld mitgebracht?“

Und da haben die Leute alle geschrieen und gesagt: „Bist du nicht tot?“

„Ja“ hat der Bauer Meloni gesagt, „ich weiß es nicht genau. Ich habe dreimal gähnen müssen, und dann bin ich gestorben. Aber ich kann euch gut verstehen.“

Und da hat sein Vetter gesagt: „Ja, wenn du noch lebst, dann muss ich dir dein Geld schon zurückgeben.“ Und er hat das Geld aus der Tasche genommen und seinem Vetter hingehalten. Und der hat es gezählt, und da haben alle gesagt: „Solange er noch zählen kann, ist er noch lebendig.“ Und dann haben sie noch wer weiß wie viel Wein getrunken, um sich von dem Schrecken zu erholen.

(Von dem Mann, der sich für tot hielt. In: Italienische Märchen. Hrsg. von Felix Karlinger. Diederichs. München 1988)

Als Erzählerin hab ich gedacht: „So lange ich noch er-zählen kann, bin ich noch lebendig“.

„So ist das also, wenn man tot ist, hat der Mann gedacht, und er hat sich nicht gerührt“.

Hier wird uns ein Spiegel vorgehalten, in dem wir unsere übertriebenen Ängste in fast absurder Weise erkennen können. Einbildungen können uns so sehr beherrschen, dass wir dumme und törichte Konsequenzen daraus ziehen, die einerseits tragisch, andererseits komisch wirken. Natürlich lachen wir über den einfältigen Bauern und dünken uns klüger; aber bei ehrlicher Selbstprüfung werden wir an uns Züge oder Verhaltensweisen entdecken, die wie Aberglauben wirken, aber durchaus ihren Ursprung in einer eigenen „fixen“ Idee haben können. Wie tragikomisch das auf unsere Mitmenschen wirkt, ist in diesem italienischen Märchen zu erleben.

***

Der Engel in dir
freut sich über dein
Licht

weint über deine Finsternis

Aus seinen Flügeln rauschen
Liebesworte
Gedichte Liebkosungen

Er bewacht
deinen Weg

Lenk deinen Schritt
engelwärts

Rose Ausländer
1907 - 1988

Die Alte, die auf den lieben Gott wartete

(Ein Märchen der Zigeuner)

Es war einmal eine alte Frau, der hatte der liebe Gott versprochen, sie zu besuchen. Ach, liebe Freunde, sie war nicht wenig stolz darauf! Sie scheuerte und putzte, buk und tischte auf. Und dann fing sie an, auf den lieben Gott zu warten.

Eins, zwei, drei klopft es an der Tür. Geschwind öffnet die Alte, aber was sieht sie? Da draußen steht nur ein armer Bettler, und sie sagt: „Nein, in Gottes Namen, geh deiner Wege! Ich warte gerade auf den lieben Gott, ich kann dich nicht aufnehmen!" Und damit lässt sie den Bettler stehen und wirft die Tür vor ihm zu.

Nach einer Weile klopft es von neuem. Die Alte öffnet diesmal noch geschwinder als beim ersten Mal. Aber wen sieht sie draußen stehen? Nur einen armen, alten Mann! „Ach, ich warte auf den lieben Gott. Wahrhaftig, ich kann dich nicht bei mir aufnehmen!" Spricht's und macht dem Alten die Tür vor der Nase zu.

Abermals eine Weile später klopft es von neuem an die Tür. Doch als die Alte öffnet, - wer steht da, wenn nicht ein zerlumpter und hungriger Bettler, der sie inständig um ein wenig Brot und ein Dach über dem Kopf für die Nacht bittet.

„Ach, ich warte auf den lieben Gott! Ich kann dich nicht bei mir aufnehmen!" Und der Bettler muss weiterwandern, und die Alte fängt aufs Neue an zu warten.

Die Zeit geht hin. Stunde um Stunde. Es geht schon auf den Abend zu, und immer noch ist der liebe Gott nicht zu sehen. Die Alte wird immer bekümmerter. Wo mag der liebe Gott geblieben sein? Zuletzt muss sie betrübt zu Bett gehen. Bald schläft sie ein, im Traum aber erscheint ihr der liebe Gott. Er spricht zu ihr: „Dreimal habe ich dich aufgesucht, und dreimal hast du mich hinausgewiesen!"

Von diesem Tage an nehmen wir Zigeuner alle auf, die zu uns kommen. Denn wie sollen wir wissen, wer es ist, der zu uns kommt? Wahrhaftig, wir wollen nicht gern den lieben Gott von uns weisen!

(Taikon erzählt Zigeunermärchen. Aufgezeichnet von Karl Hermann Tillhagen. München. Artemis 1973)

„Ich warte auf den lieben Gott. Ich kann dich nicht bei mir aufnehmen".

In diesem Märchen wird uns exemplarisch vorgeführt, wie engstirnig wir handeln, wenn wir nur uns im Blick haben und unsere Angelegenheiten in den Mittelpunkt unserer Entscheidungen stellen. Dann sind wir Gefangene unseres Eifers und unserer Einbildung. Wie hat sich die Alte wohl Gott vorgestellt? Es ist rührend, dass sie sich mit dem Hausputz so viel Mühe gibt, um Gott würdig zu empfangen. Ja, selbst die Bettler vor der Tür abzuweisen erscheint ihr eher vernünftig als herzlos, denn sie wartet ja auf das, was sie für wichtiger hält, als die Hilfsbereitschaft. Unser Blick ist oft verstellt für das eigentlich Wichtige und Richtige, weil wir uns ein bestimmtes Bild machen von dem Erwarteten. Unerwartetes und Unscheinbares, ja, Hässliches und Schmutziges kann gerade das Wesentliche sein.

***

Sag nicht II

Sag nicht
du bist fertig

Schatten
machen dich bang

Aber vergiss nicht
es gibt ja
das Licht!

Rose Ausländer

Kännchen voll

(Deutschland)

Es war einmal eine arme Witwe, die hatte ihren letzten Groschen ausgegeben. Sie hatte sich dafür zu essen gekauft, und als sie das verzehrt hatte, da machte sie ihre Küche blank, wusch das einzige Kännchen, das sie noch hatte, und setzte es draußen vor die Tür in die Sonne zum Trocknen. Dann schloss sie die Untertür und danach auch die Obertür und dachte: Was soll nun aus mir werden?

Aber während sie so saß und sann, fing das Kännchen an zu rollen und rollte so lange fort, bis es zu einem Schlachter kam. Da stand gerade eine Frau, die hatte Suppenfleisch gekauft und hatte nichts mitgebracht, wo sie es hineintun konnte. Sie sah das leere Kännchen und sagte: „Das kommt ja wie gerufen für mein Fleisch.“ Aber sowie das Kännchen merkte, es war gefüllt, da rollte es weg. Und ehe man es fassen konnte, war es den Leuten schon aus den Augen, und rollte nach Haus zurück. Da bumste es an die Tür. Die Frau rief: „Wer ist da?“ – Das Kännchen antwortete: „Kännchen voll, fühl nur mal in mein Holle bolle Bäuchsken!“ Die Frau tat die Tür auf und – da fand sie das herrlichste Suppenfleisch!

Den andern Tag ging das ebenso. Als die Frau ihre Suppe gegessen und das Kännchen ausgewaschen hatte, setzte sie es wieder draußen vor die Tür zum Trocknen und tat die Tür zu, und das Kännchen fing nun wieder an zu rollen. Und rollte fort, bis es zu einem Krämer kam. Da war jemand, der Kaffee und Kandisklümpchen kaufte, und der Krämer tat es aus Versehen in das Kännchen. Das Kännchen rollte weg und machte schnell, dass es wieder nach Hause kam, und bumste gegen die Tür. „Wer ist da?“ – „Kännchen voll! Fühl nur mal in mein Holle bolle Bäuchsken!“ Und wahrhaftig, da fand die Frau Kaffee und gleich den Zucker dazu! Den dritten Tag ging das Kännchen nach dem Gemüsemarkt und es dauerte nicht lange, da fühlte es wieder, dass es voll war. Da rollte es nach Haus und stieß gegen die Tür. „Wer ist da?“ rief die Frau. „Kännchen voll, fühl nur mal in mein Holle bolle Bäuchsken!“ Und da fand die Frau das Kännchen voll köstlicher grüner Bohnen.

Das war natürlich ganz herrlich für die arme Frau und konnte ihr wohl gefallen, und sie setzte den folgenden Tag das Kännchen wieder vor die Tür zum Trocknen. Und jawohl, es fing wieder an zu rollen, und rollte nach dem Kuhmarkt. Da war gerade ein Bauer, der hatte seine Kuh verkauft und wusste nicht recht, wohin er das Geld tun sollte. Wie er das Kännchen sah, dachte er: Halt, da kann ich es fein hineintun, und tat es auch. Aber da rollte das Kännchen weg, wieder nach Haus und bums gegen die Tür. „Wer ist da?“ rief das Frauchen wieder. „Kännchen voll! Fühl nur mal in mein Holle bolle Bäuchsken!“

Die Frau tat es, und wirklich, das Kännchen war voll Geld. Na, da hättet ihr mal die Freude von der armen Frau sehen sollen! Aber dann dachte sie bei sich: Warum soll ich eigentlich bis morgen damit warten, das Kännchen auszuschicken, sicher will es noch ein Trachtchen holen. Und setzte es wieder hinaus. Und wahrhaftig, das Kännchen fing wieder an zu rollen, und wieder nach dem Markt. Da blieb es stehen und wartete, und der Zufall wollte es, dass gerade eine Kuh eine große Botschaft verrichtete über dem Kännchen. Kaum merkte dies das Kännchen, da rollte es nach Haus. „Wer ist da?" rief die Frau. „Kännchen voll, fühl nur mal in mein Holle bolle Bäuchsken!"

Die Frau dachte: Was mag es nur diesmal sein? Und steckte gierig ihre Hand in das Kännchen. Wie sie aber merkte, was es war, wurde sie so giftig, dass sie das Kännchen auf die Straße warf, und da sprang es entzwei! So war sie ihr Kännchen quitt, aber sie hatte nun Geld genug zum Leben, und wenn sie nicht gestorben ist, dann lebt sie heute noch.

(Deutsche Märchen seit Grimm. Hrsg. von Paul Zaunert. Diederichs. Köln 1984)

Und sie steckte gierig ihre Hand in das Kännchen.

Es kann wohl kein Mensch – ob jung oder alt - von sich sagen, dass er nicht im Übermut einmal mehr vom Leben erwartete und haben wollte, als recht und gut für ihn war. So sind wir – es gibt Momente, da denken wir „was soll nur aus uns werden?" Kaum geht es uns besser, stecken wir gierig die Hand nach mehr Lebensqualität aus. Jungen Menschen steht das auch eine Zeit lang zu; bei älteren Menschen wird es zur Torheit. Das Märchen „vom Fischer und seiner Frau" erzählt das Nie-genug-bekommen in deutlichen Bildern. Mit dem Kännchen geht alles gut, bis die Frau einfältig und dennoch schlau meint, das Kännchen wolle doch wohl noch ein Trachtchen holen. Indem sie das Wollen dem Kännchen in den Sinn legt, gibt sie noch nicht einmal zu, dass sie es ist, die mehr haben möchte. Das selbst zerschlagene Kännchen ist ein treffendes Bild für das selbst eingefädelte Versiegen der guten Gaben.Das Märchen bleibt trotz des zerschlagenen Kännchens am Ende versöhnlich und heiter, denn „sie hatte nun Geld genug zum Leben“ heißt es da und endet anders als „der Fischer und seine Frau“ nicht wieder „im Pisspott“, in der Misere.

***

II Alt und mutig,

in Beziehung zur Gemeinschaft sein

Noch bist du da

Wirf deine Angst
in die Luft

Bald
ist deine Zeit um
bald
wächst der Himmel
unter dem Gras
fallen deine Träume
ins Nirgends

Noch
duftet die Nelke
singt die Drossel
noch darfst du lieben
Worte verschenken
noch bist du da

Sei was du bist
Gib was du hast

Rose Ausländer

Die Maus, die sich fledermauste

(Indianermärchen)

Es war einmal eine alte Maus, die nicht mehr arbeiten konnte. Da dachte sie nach und sprach bei sich: „Ich bin schon so alt und kann nicht mehr arbeiten. Deshalb hab ich mir überlegt: Ich will mich verwandeln. Was soll ich aber werden? Ich möchte im Dunkeln sehen und nicht gesehen werden."

So sprach sie, und dann kam ihr ein Gedanke. „Soll ich Schabe werden? Das will ich lieber sein lassen. Die Schabe stiehlt fremde Speisen, und dann tötet man mich. – Soll ich Schlange werden? Die Schlange sieht nicht im Dunkeln. – Was also soll ich werden? – Die Fledermaus isst reife Bananen. Ich werde Fledermaus!"

So sprach die Maus und verwandelte sich in eine Fledermaus. Sie hängte sich mit dem Kopf nach unten und bekam den Schluckauf.

Das hörte eine wirkliche Fledermaus und kam neugierig herbei. Als sie die Maus erblickte, fragte sie: „Was hängst du denn da? Du willst mich wohl verspotten?"

„Ich verspotte dich nicht; ich will Fledermaus werden", antwortete die Maus. Da fiel ihr der Schwanz ab, und ihre Haut spannte sich aus zu Flügeln.

Die andere Fledermaus eilte fort zu ihren Leuten: „Da ist eine Maus, die sich in eine Fledermaus verwandelt. Ich habe sie gesehen. Sie will sich verwandeln, um mit uns zu leben. Lasst sie in Ruhe, dass sie sich verwandeln kann."

Da riefen die Fledermäuse: „Eine Maus fledermaust sich! Vorwärts, wir wollen sie sehen!" Und alle eilten hin.

Sie kamen und sahen, wie sie sich fledermauste. Sie hing da, und die Fledermäuse betrachteten sie.

Die Fledermaus fragte: „Hast du dich schon verwandelt, Maus?"

„Ich habe mich schon verwandelt und möchte fliegen, aber ich fürchte mich", erwiderte sie. Da sagte die Fledermaus: „Fürchte dich nicht, Maus! Fliege! Es ist wunderschön!"

Die Maus wollte fliegen, aber sie fürchtete sich und zitterte u… zitterte und blieb hängen. Da riet ihr die Fledermaus: „Fürchte dich nicht vor dem Fliegen, Maus! Ich werde dich unterrichten. Fächele und fächele mit beiden Armen. Dann wirst du fliegen."

Die Maus tat es. Sie fächelte und fächelte, fächelte mit beiden Armen und gewöhnte sich daran. Sie flog. Die Maus flog. Sie gewöhnte sich daran.

„Wunderschön ist es!" sagte sie und flog dahin.

Ja, so machte es die Maus, um sich zu fledermausen.
Das hat mir ein alter Indianer erzählt.
In seinem Land geschah es.

(Erzählfassung von Linde Knoch nach: Die Ratte, die sich in eine Fledermaus verwandelte, aus: Lisa Tetzner. Die schönsten Märchen der Welt für 365 und einen Tag. Luchterhand. Darmstadt 1984)

„Ich bin schon so alt und kann nicht mehr arbeiten"

Es ist für jeden Menschen eine bittere Erkenntnis, nicht mehr gebraucht zu werden, abhängig zu sein, sich nutzlos zu fühlen, das Schwinden der körperlichen Kräfte wahrzunehmen, die eigene Ohnmacht zu spüren.

Körperkräfte lassen auf natürliche Weise nach, wir müssen uns darein schicken. Aber wie steht es mit den geistigen und seelischen Kräften? Die biologische Lebenskurve neigt sich ab der Lebensmitte nach unten; die geistig-seelische Kurve dagegen kann weiter steigen, wenn wir Seele und Geist nähren und üben. Das fordert von uns den Entschluss, Lebensgewohnheiten eventuell aufzugeben, es verlangt Bereitschaft, Mut und den Willen zur Veränderung.

Die alte Maus hat den Willen, sie lässt sich auf etwas Neues ein. Ihr Wunsch, im Dunkeln zu sehen und nicht gesehen zu werden, kann so verstanden werden, dass sie nicht im Äußeren handeln, sondern sich auf ihr eigenes Dunkel, ihr Innenleben besinnen will. Das ist ein seelischer Reifungsprozess. Aber sie hat Angst, das gibt sie unumwunden zu, als ihr das flattrig lebendige Nachtwesen, die Fledermaus, begegnet. Ohne den Zuspruch und den Unterricht des nachtgewohnten Flugtieres hätte die Maus es wohl kaum geschafft, sich zu verändern. Die Maus lässt sich auf eine Beziehung ein, das hilft ihr weiter. Wir kennen den Ausspruch „im eigenen Saft schmoren“ und wissen wie gut es tut, aus einer isolierenden Situation heraus zur Gemeinschaft hin erlöst zu werden. Dabei wachsen uns plötzlich Flügel, wir fühlen uns erleichtert, so leicht, als könnten wir fliegen: „es ist wunderschön“, wenn unsere inneren Kräfte sich wie Flügel entfalten und neuen Aufschwung bekommen.

Ein solches Märchen kann natürlich nicht eine Veränderung wie auf Knopfdruck bewirken; ja, vielleicht macht es einen missmutigen alten Menschen nur noch missmutiger. Griesgrämigen, die ihr Glück nur im eigenen Unglück finden, ist nicht zu helfen. So machen wir uns selbst das Leben schwer und auch Mitmenschen, die für uns da sein wollen. Das kleine Indianermärchen zeigt uns auf eine unaufdringliche Art, wie gut es sein kann, sich kopfüber einem Verwandlungsprozess hinzugeben. Der alte Schwanz fällt dabei ab, weil wir „alte Zöpfe abschneiden“.

***

Überschreiten

Immer
neue Schönheiten
neue Hässlichkeiten

Wer das Maß überschreitet
ist toll

Toll
Darauf kommt es an
das Maß überschreiten

Rose Ausländer

Die Bremer Stadtmusikanten

(Deutschland)

Es hatte ein Mann einen Esel, der schon lange Jahre die Säcke unverdrossen zur Mühle getragen hatte, dessen Kräfte aber nun zu Ende gingen, so dass er zur Arbeit immer untauglicher ward. Da dachte der Herr, ihn aus dem Futter zu schaffen; aber der Esel merkte, dass kein guter Wind wehte, lief fort und machte sich auf den Weg nach Bremen: dort, meinte er, könnte er ja Stadtmusikant werden. Als er ein Weilchen fort gegangen war, fand er einen Jagdhund auf dem Wege liegen, der jappte wie einer, der sich müde gelaufen hat. „Nun, was jappst du so, Packan?“ fragte der Esel. „Ach“ sagte der Hund, „weil ich alt bin und jeden Tag schwächer werde, auch auf der Jagd nicht mehr fort kann, hat mich mein Herr wollen totschlagen, da hab ich Reißaus genommen; aber womit soll ich nun mein Brot verdienen?“ – „Weißt du was“ sprach der Esel, „ich gehe nach Bremen und werde dort

Stadtmusikant, geh mit und lass dich auch bei der Musik annehmen. Ich spiele die Laute, und du schlägst die Pauken". Der Hund war's zufrieden, und sie gingen weiter. Es dauerte nicht lange, so saß da eine Katze auf dem Weg und machte ein Gesicht wie drei Tage Regenwetter. „Nun, was ist dir in die Quere gekommen, alter Bartputzer?" sprach der Esel. „Wer kann da lustig sein, wenn's einem an den Kragen geht" antwortete die Katze, „weil ich nun zu Jahren komme, meine Zähne stumpf werden und ich lieber hinter dem Ofen sitze und spinne, als nach Mäusen herumjage, hat mich meine Frau ersäufen wollen; ich habe mich zwar noch fortgemacht; aber nun ist guter Rat teuer: wo soll ich hin?" – „Geh mit uns nach Bremen, du verstehst dich doch auf die Nachtmusik, da kannst du ein Stadtmusikant werden". Die Katze hielt das für gut und ging mit. Darauf kamen die drei Landesflüchtigen an einem Hof vorbei, da saß auf dem Tor der Haushahn und schrie aus Leibeskräften. „Du schreist einem durch Mark und Bein" sprach der Esel, „was hast du vor?" – „Da hab ich gut Wetter prophezeit" sprach der Hahn, weil unserer lieben Frauen Tag ist, wo sie dem Christkindlein die Hemdchen gewaschen hat und sie trocknen will; aber weil morgen zum Sonntag Gäste kommen, so hat die Hausfrau doch kein Erbarmen und hat der Köchin gesagt, sie wollte mich morgen in der Suppe essen, und da soll ich mir heut Abend den Kopf abschneiden lassen. Nun schrei ich aus vollem Hals, solange ich noch kann". – „Ei was, du Rotkopf" sagte der Esel, „zieh lieber mit uns fort, wir gehen nach Bremen, etwas Besseres als den Tod findest du überall; du hast eine gute Stimme, und wenn wir zusammen musizieren, so muss es eine Art haben". Der Hahn ließ sich den Vorschlag gefallen, und sie gingen alle viere zusammen fort.

Sie konnten aber die Stadt Bremen in einem Tag nicht erreichen und kamen abends in einen Wald, wo sie übernachten wollten. Der Esel und der Hund legten sich unter einen großen Baum, die Katze und der Hahn machten sich in die Äste, der Hahn flog bis in die Spitze, wo es am sichersten für ihn war. Ehe er einschlief, sah er sich noch einmal nach allen vier Winden um, da deuchte ihn, er sähe in der Ferne ein Fünkchen brennen, und rief seinen Gesellen zu, es müsste nicht gar weit ein Haus sein, denn es scheine Licht. Sprach der Esel: „So müssen wir uns aufmachen und noch hingehen, denn hier ist die Herberge schlecht“. Der Hund meinte, ein paar Knochen und etwas Fleisch dran täten ihm auch gut. Also machten sie sich auf den Weg nach der Gegend, wo das Licht war, und sahen es bald heller schimmern, und es ward immer größer, bis sie vor ein hell erleuchtetes Räuberhaus kamen. Der Esel, als der größte, näherte sich dem Fenster und schaute hinein. „Was siehst du, Grauschimmel?“ fragte der Hahn. „Was ich sehe?“ antwortete der Esel, „einen gedeckten Tisch mit schönem Essen und Trinken, und Räuber sitzen daran und lassen's sich wohl sein“. – „Das wäre was für uns“ sprach der Hahn. „Ja, ja, ach wären wir da!“ sagte der Esel. Da ratschlagten die Tiere, wie sie es anfangen müssten, um die Räuber hinauszujagen, und fanden endlich ein Mittel. Der Esel musste sich mit den Vorderfüßen auf das Fenster stellen, der Hund auf des Esels Rücken springen, die Katze auf den Hund klettern, und endlich flog der Hahn hinauf und setzte sich der Katze auf den Kopf. Wie das geschehen war, fingen sie auf ein Zeichen insgesamt an, ihre Musik zu machen: der Esel schrie, der Hund bellte, die Katze miaute und der Hahn krähte; dann stürzten sie durch das Fenster in die Stube hinein, dass die Scheiben klirrten. Die Räuber fuhren bei dem entsetzlichen Schrei in die Höhe, meinten nicht anders, als ein Gespenst käme herein, und flohen in größter Furcht in den Wald hinaus. Nun setzten sich die vier Gesellen an den Tisch, nahmen mit dem vorlieb, was übrig geblieben war, und aßen, als wenn sie vier Wochen hungern sollten.

Wie die vier Spielleute fertig waren, löschten sie das Licht aus und suchten sich eine Schlafstätte, jeder nach seiner Natur und Bequemlichkeit. Der Esel legte sich auf den Mist, der Hund hinter die Türe, die Katze auf den Herd bei der warmen Asche, und der Hahn setzte sich auf den Hahnenbalken: und weil sie müde waren von ihrem langen Weg, schliefen sie auch bald ein.

Als Mitternacht vorbei war und die Räuber von weitem sahen, dass kein Licht mehr im Haus brannte, auch alles ruhig schien, sprach der Hauptmann: „Wir hätten uns doch nicht sollen ins

Bockshorn jagen lassen“ und hieß einen hin gehn und das Haus untersuchen. Der Abgeschickte fand alles still, ging in die Küche, ein Licht anzuzünden, und weil er die glühenden, feurigen Augen der Katze für lebendige Kohlen ansah, hielt er ein Schwefelhölzchen daran, dass es Feuer fangen sollte. Aber die Katze verstand keinen Spaß, sprang ihm ins Gesicht, spie und kratzte. Da erschrak er gewaltig, lief und wollte zur Hintertür hinaus; aber der Hund, der da lag, sprang auf und biss ihn ins Bein; und als er über den Hof an dem Miste vorbei rannte, gab ihm der Esel noch einen tüchtigen Schlag mit dem Hinterfuß; der Hahn aber, der vom Lärmen aus dem Schlaf geweckt und munter geworden war, rief vom Balken herab: „Kikeriki!“ Da lief der Räuber, was er konnte, zu seinem Hauptmann zurück und sprach: „Ach, in dem Haus sitzt eine gräuliche Hexe, die hat mich angehaucht und mit ihren langen Fingern mir das Gesicht zerkratzt; und vor der Türe steht ein Mann mit einem Messer, der hat mich ins Bein gestochen; und auf dem Hof liegt ein schwarzes Ungetüm, das hat mit einer Holzkeule auf mich losgeschlagen; und oben auf dem Dache, da sitzt der Richter, der rief, bringt mir den Schelm her. Da machte ich, dass ich fort kam“. Von nun an getrauten sich die Räuber nicht weiter in das Haus, den vier Bremer Musikanten gefiel’s aber so wohl darin, dass sie nicht wieder heraus wollten. Und der das zuletzt erzählt hat, dem ist der Mund noch warm.

(KHM 27)

„… und wenn wir zusammen musizieren, so muss es eine Art haben!“

Ein Märchen, das von Kindern geliebt wird, obwohl die Ausgangssituation so gar nicht der Welt der Kinder zu entsprechen scheint. Da ist von Alter und Tod die Rede, dass man meinen sollte, es würde nur Menschen am Ende ihres Lebens interessieren. Die missliche Lage der alten Tiere ist aber so treffend und humorvoll erzählt, dass sie wohl auf einen allgemein menschlichen Zustand übertragen werden kann: Wenn es dir in irgendeiner Weise an den Kragen geht, kehre der überlebten Situation den Rücken und fange etwas Neues an, das dieser Lage entspricht.

Die Kräfte des Esels lassen nach, er wird „zur Arbeit immer untauglicher". Der Hund heißt „Packan", aber er kann „auf der Jagd nicht mehr fort". Die Zähne der Katze werden stumpf und taugen nicht mehr zur Mäusejagd, und auf den Hahn wartet der Suppentopf. Sie sind auf sich gestellt und ohne Macht, haben keinen Fürsprecher mehr.

Wir können die Tiere als die Instinkt-Natur des Menschen in seiner unterschiedlichen Prägung ansehen. Wenn wir alt werden, nimmt unsere körperliche Belastbarkeit ab, die der Tragekraft des Esels entspricht. Der Hund zeichnet sich durch seine Spürnase aus, aber sein Geruchssinn ist nicht mehr zuverlässig, wie auch wir im Alter nicht mehr immer den „richtigen Riecher" haben. Die Weichheit und Sanftheit der Katze ist nur eine Seite ihres Wesens; die andere ist das lauernde sprungbereite Raubtier, bei Tag genießerisch schlummernd, in der Nacht aber voller Spannung die Opfer angreifend. Diese Geschmeidigkeit zwischen Anspannung und Entspannung hat die Katze verloren: ein Bild für den träge gewordenen Menschen. Der Hahn stolziert erhobenen Hauptes – das Verb spricht seine Haltung schon aus – in seinem Revier wie ein Herrscher, bisweilen vielleicht etwas zu stolz, so dass ihm der Kamm schwillt. Dann kommt es zum „Hahnenkampf", wie bei Menschen, die sich allzu wichtig nehmen und sich wie „Gockel" benehmen. Wenn die Führungsqualität nachlässt, gehen Schätzung und Achtung verloren, man wird „in die Pfanne gehauen", wie es eine Redewendung sagt: Zeit zur Umstellung.

Die vier Tiere reagieren auf die nüchtern gefühllose „unmenschliche" Behandlungsabsichten des Menschen recht menschlich: Sie mobilisieren ihre geistig-seelischen Kräfte, die ihren Körperkräften überlegen sind. Aus dem mutigen Entschluss zur Eigeninitiative erwächst tapferes und gewitztes Handeln. Sie verändern jeweils ihre persönliche Lage, indem sie gemeinschaftlich handeln. Mit Einfallsreichtum und Schläue finden sie sich zu einer Interessengemeinschaft zusammen und erkämpfen sich eine Wohngemeinschaft. Und das alles durch die Kraft der Musik, der sie sich verschrieben haben. Musik hat eine lösende Wirkung auf seelische Stauungen. Für eine Gemeinschaft älterer Menschen kann Musizieren etwas wunderbar Verbindendes haben: Wer nicht mehr singen kann oder mag, kann immerhin ein kleines Klanginstrument wie Zimbel, Rassel oder Triangel betätigen.

In den beiden Märchen dieses Kapitels ist auffällig, dass die „Alten“ selbst die so genannten Helden der Märchen sind. Häufiger vertreten sind die Alten als Helfer des Märchenhelden. Das bedeutet aber nicht, dass sie weniger aktiv sind. Ihre Bedeutung liegt dann nicht im Mut zur eigenen Veränderung (die haben sie wohl schon erfahren), als in der Beziehung zum nachwachsenden neuen Leben.

***

Vom künftigen Alter

Der Frost hat mir bereifet des Hauses Dach;
Doch warm ist mirs geblieben im Wohngemach.
Der Winter hat die Scheitel mir weiß gedeckt;
Doch fließt das Blut, das rote, durchs Herzgemach.
Der Jugendflor der Wangen, die Rosen sind
Gegangen, all gegangen einander nach.
Wo sind sie hingegangen? Ins Herz hinab:
Da blühn sie nach Verlangen, wie vor so nach.
Sind alle Freudenströme der Welt versiegt?
Noch fließt mir durch den Busen ein stiller Bach.
Sind alle Nachtigallen der Flur verstummt?
Noch ist bei mir im Stillen hier eine wach.
Sie singet: Herr des Hauses! verschleuß dein Tor,
Dass nicht die Welt, die kalte, dring ins Gemach.
Schleuß aus den rauen Odem der Wirklichkeit,
Und nur dem Duft der Träume gib Dach und Fach!
Ich habe Wein und Rosen in jedem Lied,
Und habe solcher Lieder noch tausendfach.
Vom Abend bis zum Morgen und Nächte durch
Will ich dir singen Jugend und Liebes-Ach!

Friedrich Rückert
1788-1866

Das einäugige Entlein

(Russland)

Es waren einmal ein Mann und eine Frau, die gingen in den Wald nach Pilzen. Sie fanden aber keine Pilze, sie fanden ein Entlein – dieses Entlein war einäugig. Sie nahmen es mit und brachten es heim.

Am nächsten Morgen standen sie auf und gingen wieder Pilze suchen, dem Entlein aber machten sie ein Nestchen aus weichen Federn. Sie waren kaum gegangen, da verwandelt sich das Entlein in ein Mädchen, fegt die Stube, holt Wasser und bäckt Piroggen.

Der Mann und die Frau kommen heim und wundern sich: "Wer hat denn hier nur so schön unsere Wirtschaft versorgt?"

Die Nachbarn aber erzählen ihnen: "Ein einäugiges Mädchen hat für euch Wasser getragen..."

Der Mann und die Frau gehen am nächsten Morgen wieder fort, verstecken sich aber heimlich in der Vorratskammer. Das Entlein verwandelt sich wieder in ein Mädchen und geht Wasser holen. Der Mann und die Frau aber springen hervor und werfen die Federn des Entleins in den Ofen. Da brennen sie lichterloh. Und als das Mädchen zurückkommt, fängt es bitterlich zu weinen an. Sie bittet den Mann und die Frau um eine goldene Spindel, setzt sich auf die Treppe und spinnt Flachs.

Da zieht eine Schar Wildgänse vorbei. Sie ruft ihnen zu: "Ihr liebwerten Gänse mein, schenkt mir doch jede ein Federlein!"

Die Gänse aber antworten: "Andere kommen geflogen, die schenken dir welche."

Wieder kommt eine Schar Gänse gezogen. "Ihr liebwerten Gänse mein, schenkt mir doch jede ein Federlein!"

"Andere kommen geflogen, die schenken dir welche."

Da kommt eine einzelne Gans geflogen und wirft Federn herab für das Mädchen. Da wird es wieder zum Entlein und fliegt davon.

Der Mann und die Frau, ja, die weinten wohl noch ein Weilchen, doch sie konnten das Geschehene nicht ungeschehen machen.

(Märchen aus Russland, Fischer, Frankfurt 1981)

...sie konnten das Geschehene nicht ungeschehen machen.

Wie oft tun wir etwas im Leben, das gut gemeint, aber nicht gut gemacht ist! In dem kleinen russischen Märchen scheint nichts so recht zu gelingen: Das Entlein wird nicht endgültig erlöst, und die beiden Alten bleiben allein zurück. Und dennoch endet es in einer seltsamen Leichtigkeit. Der Mann und die Frau weinen wohl ein Weilchen, aber eben nur ein Weilchen. Das Entchen findet wieder Anschluss an seine gefiederten Freunde. Es scheint mir, hier könnte das Märchen neu beginnen, um schließlich doch von Glück und Erlösung zu erzählen.

***

III Alt und weise,

in Beziehung zum Anderen und Fremden sein

Das ist das alte Lied und Leid,
Dass dir Erkenntnis erst gedeiht,
Wenn Mut und Kraft verrauchen;
Die Jugend kann, das Alter weiß,
Du kaufst nur um des Lebens Preis
Die Kunst, das Leben recht zu brauchen.

Emanuel Geibel
1815-1894

Der süße Brei

(Deutschland)

Es war einmal ein armes, frommes Mädchen, das lebte mit seiner Mutter allein, und sie hatten nichts mehr zu essen. Da ging das Kind hinaus in den Wald, und begegnete ihm da eine alte Frau, die wusste seinen Jammer schon und schenkte ihm ein Töpfchen, zu dem sollt es sagen: „Töpfchen koche", so kochte es guten, süßen Hirsebrei, und wenn es sagte: „Töpfchen steh", so hörte es wieder auf zu kochen. Das Mädchen brachte den Topf seiner Mutter heim, und nun waren sie ihrer Armut und ihres Hungers ledig und aßen süßen Brei, so oft sie wollten.

Auf eine Zeit war das Mädchen ausgegangen; da sprach die Mutter: „Töpfchen koche", da kocht es, und sie isst sich satt; nun will sie, dass das Töpfchen wieder aufhören soll, aber sie weiß das Wort nicht. Also kocht es fort, und der Brei steigt über den Rand hinaus und kocht immerzu, die Küche und das ganze Haus voll, und das zweite Haus und dann die Straße, als wollt's die ganze Welt satt machen, und ist die größte Not, und kein Mensch weiß sich da zu helfen. Endlich, wie nur noch ein einziges Haus übrig ist, da kommt das Kind heim und spricht nur: „Töpfchen steh“, da steht es und hört auf zu kochen; und wer wieder in die Stadt wollte, der musste sich durchessen.

(KHM 103)

„... eine alte Frau, die wusste seinen Jammer schon und schenkte ihm ein Töpfchen, ...“

Zu der Thematik der helfenden und schenkenden Alten im Märchen ist „der süße Brei“ auch ein Beispiel, das für Kinder und Erwachsene jeden Alters gleichermaßen interessant und aktuell ist. Es taucht immer wieder in den Lesebüchern der Schulen auf, ein Zeichen für seine Bedeutsamkeit.

Da ist von drei Generationen die Rede: Kind, Mutter und Alte, die wir auch Großmutter nennen können, obwohl sie in diesem Märchen sicher überpersönliche, ja, fast göttliche Züge hat. Auffällig ist: Es sind nur weibliche Protagonisten, das männliche Element fehlt. Das drückt schon der erste Satz aus. Das Mädchen wird „arm“ genannt; es lebt „mit der Mutter allein“; sie haben „nichts mehr zu essen“. Der Teil, der „hinaus ins feindliche Leben“ geht, um für Nahrung zu sorgen, fehlt hier. Es bleibt sich letztlich gleich, ob das biologisch gesehen von einer Frau oder einem Mann übernommen wird. Im Märchen sind Frauen, Männer und Kinder einfach Figuren für ein aussagekräftiges Bild, das nichts mit der konkreten Wirklichkeit, aber immer etwas mit der Grund legenden Wahrheit zu tun hat.

Der Nahrung beschaffende männliche Aspekt fehlt, die Mutter bleibt untätig. Das Kind, für unser Verständnis der schwächere Teil der Lebensgemeinschaft, übernimmt die aktive Rolle. Es geht in den Wald, ins Ungewisse, ins schwer Durchschaubare, aber auch in den nährenden Bereich, um Hunger und Armut ein Ende zu machen.

Wenn wir in der Mitte des Lebens stehen, werden wir uns dann mit der Mutter identifizieren beim Hören des Märchens? Vielleicht, aber zwingend ist es nicht. Ein Kind wird sich wohl unbedingt zu dem Kind im Märchen bekennen; ein alter Mensch mit der Alten? Das ist auch nicht so gewiss. Die Sympathie der meisten Menschen gehört erfahrungsgemäß dem Kind, dem Teil des Menschen, der für Neubeginn und Aufbruch, für junge Kraft und Zukunft steht. Das Versprechen, dass „das Kind" sich auf den Weg macht und den Mangel beendet, das ist für uns wohltuend und ermutigend. Wenn wir das Märchen oberflächlich betrachten, könnte man sagen: Es ist doch unverantwortlich, dass die Mutter, also die bald abtretende Generation, der nächsten Generation alle Aufgaben überlässt! Betrachten wir es so, dass die Figuren eines Märchens alle Aspekte unserer menschlichen Befindlichkeit in einer Person verkörpern, dann dürfen wir hoffnungsvoll sagen: Wenn mein Erwachsenenverstand mit seinem Latein am Ende ist, regt sich in mir eine junge kindliche Eingebung, die wagemutig hinaus geht, unbelastet von allen bisher gemachten Erfahrungen. Dann kann es passieren, dass mir ein weiser Einfall aus den Tiefen meiner selbst hilfreich entgegen kommt, die „Alte im Wald".

Im Märchen taucht sie unversehens auf, sie weiß von dem Unglück schon, sie ist eine Wissende oder die letzte Gewissheit in uns, sie beschenkt das wagemutige Kind mit einem magischen Gegenstand, und sie wird nicht wieder erwähnt. Sie ist wie das Kind eine Hoffnungsgestalt: das Kind der Anfang, die Alte das Ende unseres Lebens, beides höchst selbstverständlich da, helfend, schenkend, ein Segen.

Auch wenn wir uns die Alte ganz real als Großmutter denken, die in einer Familie aushilft, wo die Mutter krank ist und die Enkel unversorgt sind – auch dann stimmt das Bild der Alten im Märchen.

Dem Kind ist die Weisheit des Alters begegnet; deshalb weiß es auch das rettende Wort, während die Mutter „krank" ist; sie ist zuerst unfähig zum Handeln, später handelt sie egoistisch. Die weise Alte hat das Kind in sich – das mutige Kind hat die weise Alte in sich.

***

Immer von neuem

Immer von neuem sterben
und auferstehn

Die Fremde meine Heimat
Unbekannte meine Geschwister

Ich bin eine Tote
die lebt
und das Leben liebt

Rose Ausländer

Morgen ist morgen

(Jüdisches Märchen aus Afghanistan)

Es war einmal ein guter und gerechter König, der ging oft in Verkleidung und unerkannt durch die Straßen seiner Hauptstadt, um zu erfahren, was die Leute wirklich dachten. So war er einmal bis vor die Tore der Stadt gekommen, und es war schon dunkel geworden, da sah er noch Licht in einer armen Hütte. Er schaute durchs Fenster und erblickte einen Juden, der sprach gerade den Segen über sein kärgliches Abendbrot. Der König klopfte an die Tür: "Ist es gestattet, einzutreten?" - "Nur herein", sagte der Jude, "setz dich zu mir, was für einen reicht, reicht auch für zwei." Als sie so beieinander saßen und miteinander aßen, fragte der unerkannte König: "Wovon lebst du?" - "Ich bin Flickschuster", sagte der Jude, "jeden Morgen gehe ich mit meinem Werkzeugkasten durch die Stadt, und die Leute bringen mir ihre Schuhe auf die Straße." - "Und was ist, wenn du morgen keine Arbeit findest?"

fragte der König. - "Morgen?" sagte der Flickschuster. "Morgen ist morgen. Gott sei gesegnet Tag um Tag."

Doch als der Schuster am nächsten Tag in die Stadt kam, da standen an allen Ecken und auf den Plätzen Soldaten, die riefen: "Befehl des Königs! Befehl des Königs! In dieser Woche ist es verboten, Schuhe zu flicken auf den Straßen der Stadt!" - "Seltsam", dachte der Schuster, "seit wann machen Könige sich Gedanken über Flickschuster? Aber gut, dann werde ich Wasser in die Häuser tragen. Wasser brauchen die Leute jeden Tag."

Das tat er, und am Abend hatte er so viel verdient, dass es zu einer Mahlzeit reichte. Sogar zu einer Mahlzeit für zwei, denn wieder kam - unerkannt - der König zu ihm. "Ich habe mir Sorgen um dich gemacht", sagt er, "wie hast du denn heute dein Brot verdient trotz des königlichen Verbotes?" Der Schuster erzählte es ihm. "Und was ist, wenn du morgen keine Arbeit findest?" - "Morgen?" sagte der Schuster, "morgen ist morgen. Gott sei gesegnet Tag um Tag."

Doch am nächsten Morgen hörte er schon vor dem Stadttor die Soldaten rufen: "Befehl des Königs! Befehl des Königs! In dieser Woche ist es verboten, Wasser zu tragen durch die Straßen der Stadt ohne königliche Sondererlaubnis!" - "Seltsam", dachte der Schuster, "was doch die Könige für Einfälle haben. Nun gut, dann werde ich Brennholz hacken und in die Häuser bringen". Und er holte seine Axt und hatte am Abend genug verdient für eine Mahlzeit für sich und seinen unbekannten Gast, der ihn beim Essen wieder fragte: "Und was ist, wenn du morgen keine Arbeit findest?" - "Morgen?" sagt der Schuster. "Morgen ist morgen. Gott sei gesegnet Tag um Tag."

Doch als der Schuster am nächsten Morgen ins Stadttor trat, rief ihn der Hauptmann der Wache an: "Du da mit der Axt. Befehl des Königs: Jeder, der heute mit einer Waffe die Stadt betritt, wird eingezogen, um im Palast des Königs Wache zu stehen. Bring deine Axt heim. Der König leiht dir dieses Schwert". Und mit dem Schwert musste der Schuster den ganzen Tag Wache stehen und verdiente nicht einen Dinar.

Abends ging er auf dem Heimweg zum Krämer und sagte: "Freund, ich habe heute nicht einen Dinar verdient und rechne mit einem Gast. Gib mir, was ich zum Abendbrot brauche, und nimm dafür das hier" - und er zog das königliche Schwert aus der Scheide - "als Pfand". Zuhause ging er gleich in seine kleine Werkstatt, schnitt sich ein Schwert aus Holz zurecht und steckte das in die Scheide. Als der König kam und den gedeckten Tisch sah, wunderte er sich sehr. Da zeigte der Schuster ihm schmunzelnd das hölzerne Schwert. "Aber was ist, wenn sich der Hauptmann morgen das Schwert zeigen lässt?" - "Morgen?" sagt der Schuster. "Morgen ist morgen. Gott sei gesegnet Tag um Tag."

Als der Schuster am andern Morgen in den Palast kam, wartete der Hauptmann schon auf ihn, und er zog einen Mann in Ketten hinter sich her: "He, du da. Komm her! Der hier ist ein Mörder. Du sollst ihm auf der Stelle den Kopf abschlagen!" – Der Schuster erschrak. "Das kann ich nicht, und das will ich nicht!" rief er, "das kannst du nicht von mir verlangen!" - "Oh doch, das kann ich" sagte der Hauptmann, "es ist ein Befehl des Königs".

Angelockt durch den Streit strömten viele Neugierige zusammen. Der Schuster sah in die Augen des Verurteilten. Es waren gute Augen. Das war kein Mörder! Dann schaute er auf zum Himmel und rief mit lauter Stimme: "Gott des Himmels und der Erde, Du Herr über Leben und Tod! Wenn dieser Mann ein Mörder ist, so soll ihm mein Schwert den Kopf abschlagen. Doch wenn er unschuldig ist, dann verwandle Du den scharfen Stahl meiner Klinge in Holz!" Und er zog das Schwert aus der Scheide, reckte es zum Himmel - und alle sahen: Es war zu Holz geworden. Da brach ein unbeschreiblicher Jubel aus, die Menge lobte Gott, und im gleichen Augenblick kam der König herab aus dem Palast in den Hof, ging auf den Schuster zu, gab sich ihm zu erkennen, umarmte ihn und sprach: "Von heute an sollst du mein erster Ratgeber sein!"

(Heinrich Dickerhoff. Trau deiner Sehnsucht mehr als deiner Verzweiflung. Matthias-Grünewald-Verlag. Mainz 2001)

„Morgen ist morgen. Gott sei gesegnet Tag um Tag"

Stellen wir uns den weisen Juden jung oder alt vor?
Mir ist noch niemand begegnet, der ihn für jung hielt. Offenbar verbinden wir Gottvertrauen, Gelassenheit und Weisheit eher mit dem Alter als mit der Jugend. Der Einfallsreichtum zeichnet den Mann allerdings als im Geist Junggebliebenen aus. Der Jude besitzt zweierlei in gleichen Maßen: eine vertrauensvolle Einfalt und eine ebenso vertrauensvolle Gewitztheit. Er kommt nicht auf den Gedanken, sein Besucher und die täglich geänderten Befehle des Königs könnten in Zusammenhang stehen. Ein scharf denkender Mensch würde vielleicht stutzen, wenn gerade die Tätigkeit verboten wird, von der tags zuvor die Rede war. Andererseits ist er gewitzt, weil ihm immer wieder ein Einfall kommt, wie er für sich und seinen Gast sorgen kann. Diese Mischung aus der unkomplizierten Einfalt und dem einfallsreichen Einstellen auf neue Gegebenheiten, das ist es wohl, was wahre Weisheit ausmacht. Das Leben nicht schwer nehmen und sich einer neuen Situation anpassen, dabei nicht nur an sich denken, sondern an den „unbekannten Gast": ein Gegenstück zu „die Alte, die auf den lieben Gott wartete".

***

Sieh! Ich starb als Stein und ging als Pflanze auf,
starb als Pflanze und nahm darauf als Tier den Lauf;
starb als Tier und ward ein Mensch. Was fürcht ich dann,
da durch Sterben ich nie minder werden kann!
Wieder, wann ich werd als Mensch gestorben sein,
und als Engel muss ich sein geopfert auch,
werden, was ich nicht begreif, ein Gotteshauch.

Friedrich Rückert
1788 - 1866

Das Erdkühlein

(Elsass)

Ein armer Mann hatte eine Frau und zwei Töchter. Die jüngere hieß Margretlin, die ältere Annelin, und ehe diese Kinder erwachsen waren, starb die Mutter, deshalb nahm der Mann eine andere Frau. Diese Frau aber war neidisch auf das liebliche Margretlin. Sie hätte sie am liebsten tot gesehen, aber sie selbst umzubringen, getraute sie sich nicht. Mit List zog sie das ältere Mädchen Annelin so an sich, dass sie ihr gut, der Schwester aber feindlich gesinnt war.

Einmal saßen Mutter und ältere Tochter beieinander und beratschlagten, was sie tun könnten, um Margretlin loszuwerden. Sie beschlossen in den Wald zu gehen, und dort wollten sie das Mädchen fortschicken, so dass es nicht zu ihnen zurückfinden könnte.

Margretlin stand vor der Tür, und hörte alle Worte und wurde sehr betrübt, dass sie ohne allen Grund sterben und von den Wölfen zerrissen werden sollte. Da ging sie zu ihrer Taufpatin, klagte ihr das Leid, das Mutter und Schwester ihr zufügen wollten. „Mein liebes Kind," sprach die Alte, „wenn es so um dich steht, geh und nimm Sägemehl; wenn du deiner Mutter nachgehst, streu es vor dich hin. Wenn sie dich zurücklassen, gehe der Spur nach, so kommst du wieder heim." Sie befolgte den Rat, und als sie in den Wald kamen, setzte sich die Mutter nieder und sagte zum älteren Mädchen: „Komm her, Annelin, lause mich, derweil soll Margretlin drei Bündel Holz zusammensuchen. Wir wollen hier warten, dann gehen wir zusammen heim."

Das arme Mädchen zog fort und streute Sägemehl, damit sie den Weg zurück fände, sammelte drei Bündel Holz, die nahm sie auf den Kopf und trug sie dorthin, wo sie Stiefmutter und Schwester zurückgelassen hatte. Als sie aber dahin kam, fand sie sie nicht. Da machte sie sich auf den Weg, den ihr das Sägemehl zeigte, bis sie nach Hause kam und die Bündel abwarf. Als die Mutter sie kommen sah, sprach sie zu Annelin: „Die jüngere kommt wieder! Wir wollen morgen an einen anderen Ort gehen, von dem aus sie nicht heimkommt, damit wir sie los sind."

Margretlin hatte aber alles mitangehört. Sie ging wieder zur Patin und erzählte ihr Leid. „Liebes Kind", sagte die alte Frau, „ich sehe wohl, dass sie dir nach dem Leben trachten. Nimm diesmal Spreu und streue sie vor dich hin, damit du wieder heimkommst." Als das Mädchen zurückkam, sagte die Mutter zu den Töchtern: „Kommt, wir wollen in den Wald gehen." Die ältere, die Hilfe und Rat zu dem bösen Plan gegeben hatte, war ganz fröhlich, die jüngere zog traurig hinaus. Als sie tief im Wald angelangt waren, setzte sich die Frau nieder und sagte zu Annelin: „Komm her, such mir eine Laus, Margretlin soll für jeden ein Bündel Holz suchen, und dann gehen wir heim." Margretlin ging und suchte Holz, und als sie wiederkam, da waren Mutter und Schwester fort. Sie suchte die Spur von Spreu und gelangte endlich wieder heim. Als die Mutter das sah, rief sie Annelin zu sich: „Unser elendes Mädchen kommt wieder! Aber wir werden sie noch tiefer in den Wald führen, damit sie dableibt." Das hörte das Mädchen wieder mit an, und zum dritten Mal ging sie zur Patin, um sie um Rat zu fragen. „Liebes Kind", sagte die Alte, „nimm nun Hanfsamen und säe ihn aus, wenn ihr in den Wald geht. Danach gehst du denselben Weg wieder heim."

Margretlin zog noch einmal mit Mutter und Schwester in den Wald und säte Hanfsamen vor sich hin. Die Mutter sagte wie schon die vorigen Male: „Annelin, such mir eine Laus, Gretlin muss Holz suchen.“ Das Mädchen dachte – bin zweimal heimgekommen, so werd ich auch das drittemal heimkommen. Als sie das Holz gesucht hatte und wieder an die Stelle kam, wo sie die beiden verlassen hatte, da waren sie fort. Nun wollte sie den Weg nach Hause suchen, hielt Ausschau nach dem Hanfsamen, aber sie fand sie nicht – die Vögel hatten alle Samen aufgepickt! O weh, wer könnte trauriger sein als das Mädchen. Den ganzen Tag lief sie im Walde herum, weinte und rief, konnte aber keinen Weg finden, der aus dem Wald herausführte, sondern geriet immer tiefer in den Wald, wo wohl noch nie ein Mensch gewesen war. Als es Abend wurde, stieg sie auf einen hohen Baum, ob sie nicht irgendeine Stadt, ein Dorf oder ein Haus sehen könnte. Sie fürchtete sich vor den wilden Tieren in der Nacht. Sie schaute um sich und entdeckte einen Rauch, der aufstieg. Schnell stieg sie vom Baum und ging in die Richtung, in der sie den Rauch entdeckt hatte, und nach einiger Zeit kam sie an ein kleines Haus. In diesem wohnte das Erdkühlein.

Das Mädchen klopfte an die Tür und bat um Einlass. Das Erdkühlein antwortete:

„Ich lass dich nicht ein,
außer du bist dein Leben lang mein,
und niemandem darfst du von mir erzählen.“

Das Mädchen versprach, was es verlangte, da ging die Tür auf, und das Erdkühlein sagte: „Komm, du musst nichts tun, als mich morgens und abends melken, dann trinkst du von der Milch, und ich werde dir Samt und Seide bringen. Davon kannst du dir schöne Kleider nähen, soviel du magst. Aber denk daran, dass du mich nicht verrätst, selbst wenn deine eigene Schwester zu dir käme, lass sie nicht ein, sonst verliere ich mein Leben!“

Nach diesen Worten ging das Erdkühlein auf die Weide, und abends brachte es Margretlein Samt und Seide, womit das Mädchen sich so schön kleidete, als wäre sie eine Fürstin. So lebten sie miteinander jahrelang.

Die ältere Schwester, die daheimgeblieben war und die jüngere mit ins Elend gebracht hatte, fing an zu weinen und musste immer an die Schwester denken und wie es ihr wohl ginge und schließlich reute es sie so sehr, dass sie beschloss, wenigstens einen Knochen der Schwester zu suchen, um ihn daheim in Ehren zu halten. Eines Tages ging sie morgens früh in den Wald, suchte viele Stunden lang, bis sie sich ganz und gar verirrte und ihr die finstere Nacht auf dem Nacken lag, sie klagte und weinte, aber das half nichts, sie musste auf einen Baum steigen, um Ausschau zu halten. Da sah sie Rauch aus dem kleinen Haus aufsteigen und meinte, es müsse wohl einem Hirten oder Einsiedler gehören. Als sie zu dem Haus kam, klopfte sie an, und die Schwester drinnen fragte, wer da sei. Annelin sprach: „Ich bin ein armes Mädchen, das sich im Wald verirrt hat, und bitte, dass ich die Nacht über hier bleiben darf.“ Margretlein sah durch einen Spalt, dass es ihre untreue Schwester war und sagte: „Ich darf dich nicht einlassen, weil es mir verboten ist. Wenn mein Herr käme und sähe, dass ich eine Fremde eingelassen habe, würde er mich schlagen, - darum geh fort! “Aber die ältere wollte sich nicht abweisen lassen, sondern bat die Schwester so lange, bis sie ihr die Tür aufmachte und sie hineinließ. Als sie die jüngere erkannte, freute sie sich, dass sie am Leben sei, und bat sie um Verzeihung für das, was sie ihr angetan hatte. Danach wollte sie wissen, bei wem sie lebe, da sie so schön sei und so gut gekleidet wäre? Margretlin erfand Ausreden – sagte einmal, es sei ein Wolf, dann wäre es ein Bär, aber das wollte Annelin nicht glauben und redete ihrer Schwester so lange zu, bis diese endlich sagte: „Ich bin bei einem Erdkühlein, aber bitte, verrat mich nicht!“ Bald darauf sagte Annelin: „Nun führ mich auf den richtigen Weg, damit ich heimkomme“, und das tat Margretlin. Zuhause aber erzählte die ältere, dass sie die jüngere bei einem Erdkühlein gefunden habe und wie prächtig sie gekleidet sei. Da sprach die Mutter: „Wir wollen hinausgehen und das Erdkühlein mit Margretlin holen, das Erdkühlein werden wir metzgern und essen.“

Als das Erdkühlein abends heimkam, wusste es schon alles und sagte weinend zum Mädchen: „Ach, mein liebes Margretlin, was hast du getan! Du hast deine falsche Schwester eingelassen und ihr gesagt, bei wem du bist. Und nun hör zu: deine Mutter und deine Schwester werden kommen, mich und dich heimführen, mich werden sie metzgern und essen, dich aber werden sie schlechter behandeln als zuvor." Als das Mädchen sah, wie elend es dem Erdkühlein ging, begann sie zu weinen und meinte vor Traurigkeit sterben zu müssen. Doch das Erdkühlein tröstete sie und sprach: „Liebes Mädchen, was geschehen ist, kann nicht zurückgetrieben werden, darum höre meinen Rat: wenn der Metzger mich erschlägt, steh dabei und weine. Wenn er dich fragt, was du willst, sag ihm, du möchtest den Schwanz der Kuh, er wird ihn dir geben. Dann fange wieder an zu weinen und begehre ein Horn von mir. Wenn du das hast, weine weiter, und wenn er dich fragt, was du willst, sag ihm, du willst einen Huf haben. Dann geh und setze den Schwanz in die Erde, auf den Schwanz das Horn, und auf das Horn den Huf. Geh drei Tage nicht dorthin, am dritten Tag wird ein Baum daraus gewachsen sein, der wird im Sommer und im Winter die schönsten Äpfel tragen, die ein Mensch je gesehen hat. Niemand kann sie pflücken, als du allein, und durch den Baum wirst du zu einer mächtigen Frau werden."

Als das Erdkühlein geschlachtet wurde, stand Margretlin dabei und erbat alle Dinge, wie das Kühlein ihr gesagt hatte. Sie wurden ihr gegeben, und sie ging hin und setzte sie in die Erde. Am dritten Tag war daraus ein schöner Baum gewachsen, der hing voller Früchte.

Zu dieser Zeit ritt ein Herr vorüber. Er hatte einen Sohn bei sich, der war krank, und als er die schönen Äpfel sah, rief er: „Vater, lass mir von diesem Baum Äpfel bringen, dann werde ich gesund!" Der Herr rief die ältere Tochter herbei, sie solle ihm Äpfel bringen, er wolle sie gut bezahlen. Die ältere ging zum Baum, um Äpfel zu pflücken, aber die Äste zogen sich alle in die Höhe, so dass sie keine erreichen konnte. Da rief sie die Mutter und sagte, sie solle Äpfel pflücken und sie dem Herrn geben. Aber als die Frau Äpfel pflücken wollte, wichen die Äste noch viel höher hinauf – das verwunderte den Herrn sehr. Schließlich kam Margretlin zum Baum, um Äpfel zu brechen, und die Äste neigten sich ihr zu, so dass sie pflücken konnte, und das verwunderte den Herrn noch mehr. Er rief sie zu sich, fragte was das bedeute, und da erzählte das Mädchen alles, was sich mit Mutter und Schwester und mit dem Erdkühlein zugetragen hatte. Als der Herr alles angehört hatte, fragte er sie, ob sie mit ihm in sein Reich kommen wolle. O, das wollte sie gern, sie grub den Baum aus und setzte sich zusammen mit ihrem Vater auf den Wagen zu dem Herrn, der sie freundlich empfing. Sie fuhren in sein Reich und ließen Mutter und Schwester sitzen.

(Erzählfassung von Linde Knoch. In: Deutsche Märchen vor und nach Grimm. Hrsg. Ninon Hesse. Europa Verlag. 1956)

„Als das Erdkühlein abends heimkam, wusste es schon alles…"

Es rührt an, wie das Erdkühlein sich des vom Tode bedrohten Mädchens annimmt und ihr trotz der Überschreitung des Gebotes hilft, dabei selbst „stirbt", aber dies Sterben ist doch eher ein Wandlungsprozess.

Das Märchen ist im 16. Jahrhundert von Montanus aufgezeichnet worden, das heißt, der Stoff wurde relativ früh festgehalten und hat deshalb wohl seine Form aus früher Zeit weitgehend bewahrt. Offenbar ist es geprägt von Vorstellungen der animistischen Naturreligionen. Das Erdkühlein erinnert an die Kuh Andhumbla der germanischen Mythologie, die die Schatzreiche genannt wird. Aus ihrem Euter fließen vier Milchströme, die dem Riesen Ymir als Nahrung dienen und ihm Kraft verleihen.

Wir erinnern auch die Kuh als kosmische Personifikation in der altägyptischen Religion. Methyer, die Kuh, ist das erste aus der Urflut aufsteigende Lebewesen, ein Symbol weltschöpferischer Mütterlichkeit. Und Hathor, die Kuh-köpfige Muttergöttin, ist eine Naturmutter wie die Himmelskuh Nut, die die Erde mit ihrer Regenmilch tränkt. Dass in Indien heute noch Kühe als heilig verehrt werden, gehört in diese Tradition.

In dem Märchen der Brüder Grimm „Einäuglein, Zweiäuglein, Dreiäuglein“ ist die Kuh ebenfalls als Helferin erhalten geblieben. Wo die liebende, fürsorgliche Mutter tot ist und eine böse, versagende an ihre Stelle tritt, wenden sich die Mädchen dieses Märchentyps der Naturmutter, der alten Mutter, der Großen Mutter, der Großmutter als dem mütterlichen Urgrund zu. Das Erdkühlein, zu dem Margretlin den Weg findet, ist die Mutter Natur in tierischer Gestalt, also eine positive Mütterlichkeit auf triebhafter, instinktiver Ebene. Psychologisch gesehen stimmt das mit der Sicherheit überein, die eine Großmutter ihrem Enkelkind oft in größerem Maß geben kann als die Mutter dem Kind. Die Quelle der Mütterlichkeit versiegt, als Margretlin das Erdkühlein verrät, aber nur so kann sie selbst zur eigenen Weiblichkeit erwachen. Das weiß das Erdkühlein und stimmt dem eigenen Wandlungsprozess zu. Sie sieht in ihrer Großmutterweisheit, dass diese unvermeidliche Schuld letztlich lebensrettend für Margretlin ist, weil auch sie sich verwandeln muss. Aus der Krise geht etwas Neues und noch Wertvolleres hervor. Die zuerst Bedingungen stellende und festhaltende Naturmutter willigt in ihren Tod ein, damit etwas anderes an ihre Stelle treten kann. Als Baum spendet sie heilende Früchte für den zukünftigen Partner von Margretlin.

Irdischer als im Erdkühlein erscheint die Alte in dem nächsten Märchen vom „großen Wasser“. Dort wird sie einfach Großmutter genannt; dass sie göttliche Aspekte verkörpert, wird erst gegen Ende des Märchens deutlich.

***

So und nicht anders

Die Menschen kümmerten mich nicht viel,
Eigen war mein Weg und Ziel.

Ich mied den Markt, ich mied den Schwarm,
Andre sind reich, ich bin arm.

Andre regierten (regieren noch),
Ich stand unten und ging durchs Joch.

Entsagen und lächeln bei Demütigungen,
Das ist die Kunst, die mir gelungen.

Und doch, wärs in die Wahl mir gegeben,
Ich führte noch einmal dasselbe Leben.

Und sollt ich noch einmal die Tage beginnen,
Ich würde denselben Faden spinnen.

Theodor Fontane
1819-1898

Das große Wasser

(China)

Es war einmal eine Witwe mit ihrem Kind. Alle Menschen liebten dieses Kind. Eines Tages sagt der Junge zu seiner Mutter: „Alle andern Kinder haben eine Großmutter, ich allein hab keine. Ich möchte auch eine Großmutter haben." „Wir wollen dir eine Großmutter suchen", sagt die Mutter.

Nun kam einmal eine alte Bettlerin vors Haus, die war arm und schwach. Als das Kind sie sieht, spricht es zu ihr: „Du sollst meine Großmutter sein!“ Und es geht hinein zu seiner Mutter und sagt: „Draußen ist eine Bettlerin, die will ich zur Großmutter haben.“ Die Mutter ist es zufrieden und ruft sie ins Haus. Die Alte aber war sehr schmutzig und voll von Ungeziefer. Da sagt der Junge: „Komm, Mutter, wir wollen die Großmutter saubermachen!“ Da waschen sie die alte Frau. O, sie hat viele Läuse. Sie suchen sie alle ab und tun sie in einen Topf, und der ganze Topf wird voll davon.

Da spricht die Großmutter: „Werft sie nicht weg; vergrabt sie im Garten! Ihr sollt sie erst wieder ausgraben, wenn das große Wasser kommt.“ „Wann kommt das große Wasser?“ fragt der Junge. „Wenn die beiden steinernen Löwen vor dem Palast rote Augen haben werden – dann kommt das große Wasser“, antwortet die Großmutter.

Da läuft der Junge zu den Löwen, aber ihre Augen sind noch nicht rot. Die Großmutter spricht zu ihm: „Mache ein kleines Schiff aus Holz und verwahre es in einem Kästchen!“ Der Junge tut, was sie ihm befiehlt.

Von nun an läuft der Junge jeden Tag zum Palast und sieht die Löwen an, und die Leute auf der Straße fangen schon an, sich über ihn zu wundern. Eines Tages kommt er beim Hühnerschlächter vorbei, der fragt ihn: „Warum läufst du immer zu den Löwen und starrst sie an?“ Da sagt der Junge: „Wenn den Löwen die Augen rot werden, dann kommt das große Wasser.“ Der Schlächter aber lacht ihn aus, und am anderen Morgen in aller Frühe nimmt er Hühnerblut und streicht es den Steinlöwen auf die Augen.

Als der Junge sieht, dass die Löwen rote Augen haben, da läuft er so schnell er kann nach Hause und erzählt es Mutter und Großmutter. Da spricht die Großmutter: „Grabt nun rasch den Topf aus und holt das Schifflein aus dem Kasten!“ Als sie den Topf ausgegraben und hineingeschaut haben, da liegen lauter Perlen darin, und das Schiff wird größer, immer größer! Die Großmutter spricht: „Nehmt den Topf mit euch und steigt in das Schiff!

Wenn nun das große Wasser kommt, so mögt ihr die Tiere retten, die dahergetrieben werden, aber die Menschen, die sollt ihr nicht retten!“ Da steigen sie ins Schiff, und die Großmutter ist auf einmal verschwunden gewesen.

Da fängt es an zu regnen, der Regen strömt vom Himmel herab, immer stärker und stärker. Die Wasserflut überschwemmt alles. Da kommt ein Hund vorbeigetrieben, den retten sie auf ihr Schiff. Bald darauf kommt ein Mäusepaar mit seinen Jungen, die retten sie auch. Das Wasser steigt schon bis an die Dächer der Häuser. Auf einem Dach sitzt eine Katze, die nehmen sie zu sich ins Schiff.

Die Flut wird immer größer, und das Wasser steigt bis an die Wipfel der Bäume. Auf einem Baum sitzt ein Rabe. Auch ihn nehmen sie zu sich ins Schiff. Schließlich kommt ein Bienenschwarm daher. Die Tierchen sind ganz nass und können kaum mehr fliegen; da lassen sie auch die Bienen zu sich ins Schiff herein. Endlich kommt im Wasser ein Mann daher geschwommen. Der Junge ruft: „Mutter, den wollen wir auch retten!“ Aber die Mutter will nicht: „Die Großmutter hat gesagt, wir dürfen keine Menschen retten.“ Der Junge erwidert: „Wir wollen den Mann doch retten, schau, er kann nicht mehr schwimmen.“ So retten sie auch den Mann.

Endlich hört der Regen auf. Allmählich verläuft sich das Wasser, und sie steigen aus dem Schiff an Land. Der Mann und die Tiere gehen fort. Da wird das Schiff wieder kleiner, immer kleiner, bis sie es in die Schachtel packen können.

Der gerettete Mann aber hat die Perlen gesehen und ist lüstern geworden auf den Schatz. Er geht zum Richter des Landes, in welchem sie gelandet sind, und verklagt Mutter und Sohn. Beide werden ins Gefängnis geworfen. Da kommen die Mäuse und nagen ein Loch in die Mauer. Zu dem Loch kommt der Hund herein und bringt ihnen Fleisch, und die Katze bringt ihnen Brot. Der Rabe aber ist weit weg geflogen und kommt mit einem Brief im Schnabel wieder, und den bringt er zum Richter. Dieser Brief ist aus den oberen Himmeln, und kaum hat der Richter ihn gelesen, da gibt er Mutter und Sohn die Freiheit wieder.

Sie leben zusammen, und der Sohn wächst zu einem stattlichen Jüngling heran. Eines Tages kommt er in die Kaiserstadt. Auf dem Marktplatz sieht er viele Sänften stehen, die sind alle mit seidenen Tüchern zugehängt. Der Jüngling fragt einen alten Mann, was das bedeute. Der Alte antwortet: „Wer erkennt, in welcher Sänfte die Kaisertochter sitzt, der erhält sie zur Frau.“ Der Jüngling geht um die Sänften herum – sie sehen alle gleich aus! Sie sind durch nichts zu unterscheiden – wie soll er die rechte herausfinden? Da bemerkt er einen Bienenschwarm, der um eine der Sänften kreist. Er hebt das seidene Tuch, und wirklich – die Kaisertochter sitzt darin! Da wurde bald eine prächtige Hochzeit gefeiert. Sie lebten glücklich miteinander, und es heißt, der Jüngling sei nach des Kaisers Tod ein weiser Nachfolger geworden.

(Erzählfassung von Linde Knoch. In: Linde Knoch. Praxisbuch Märchen. Verstehen Deuten Umsetzen. Gütersloher Verlagshaus 2001)

„Alle Kinder haben eine Großmutter....“

Glücklich die Kinder, die eine Großmutter nicht nur haben, sondern sie auch erleben dürfen. Sie begegnen wirklich einer Dimension, die über die alltägliche Wirklichkeit hinausreicht. Der Junge hat offenbar keine Idealvorstellung von einer bestimmten Großmutter; er wählt sich die Bettlerin, die gerade am Haus vorbei kommt, zu seiner Großmutter. Schmutz und Ungeziefer stören ihn nicht. Ist es nicht so, dass kleine Kinder fasziniert sind von den Alterserscheinungen wie Falten und schrumpeliger Haut? Auch dass Großmütter körperlich nicht mehr so fit sind wie ihre Mütter, stört Kinder nicht, sondern lässt die Großmutter eher in einem besonderen Licht erscheinen. Und Kinder lieben es, wenn sie bei der „großen Mutter“ „großzügig“ angesehen und behandelt werden: Da dürfen schon mal Gesetze gebrochen werden, die zu Hause streng eingehalten werden müssen. Großmütter haben Zeit, sie können gut zuhören, vorlesen und erzählen; sie sind eine

Instanz, der man eher unwidersprochen gehorcht, als der mütterlichen.

Die Läuse werden eingesammelt und vergraben; die steinernen Löwen vor dem Palast werden natürlich besucht, auch wenn die Menschen ringsum lachen; das Schiffchen wird gebaut und in einem Kästchen verwahrt. Das im Märchen ausgesprochene Tabu „die Menschen sollt ihr nicht retten" fordert den Jungen natürlich geradezu zum Überschreiten heraus, (wie das letzte Zimmer im Schloss, das nicht betreten werden darf, natürlich auch eine Herausforderung bedeutet, es dennoch zu tun). Es zeigt sich, dass gerade das übertretene Gebot die Wirksamkeit der Göttlichkeit auf den Plan ruft: Der Rabe fliegt in die oberen Himmel und bringt von dort den Brief mit, der die Befreiung von Mutter und Sohn bewirkt. Hätte er sonst den Weg zur Kaisertochter gefunden?

Ja, eine Großmutter muss man haben! Ihre Unzulänglichkeiten, ihre Läuse, werden zu Perlen, wenn man ihr vertraut; und sie ist gerade so lange sichtbar, als sie gebraucht wird. Hat sich der junge Mensch zu eigenständigem Handeln durchgerungen, verschwindet sie in den „oberen Himmeln", aber ihr Segen wirkt weiter. Deutlich wird das auch in dem Märchen der Brüder Grimm „Spindel, Weberschiffchen und Nadel".

***

Herr von Ribbeck auf Ribbeck im Havelland

Herr von Ribbeck auf Ribbeck im Havelland,
Ein Birnbaum in seinem Garten stand,
Und kam die goldene Herbsteszeit
Und die Birnen leuchteten weit und breit,
Da stopfte, wenns Mittag vom Turme scholl,
Der von Ribbeck sich beide Taschen voll,
Und kam in Pantinen ein Junge daher,
So rief er: „Junge, wiste ne Beer?“
Und kam ein Mädel, so rief er: „Lütt Dirn,
Kumm man röver, ick hebb ne Birn.“

So ging es viel Jahre, bis lobesam
Der von Ribbeck auf Ribbeck zum Sterben kam.
Er fühlte sein Ende, ’s war Herbsteszeit,
Wieder lachten die Birnen weit und breit;
Da sagte von Ribbeck: „Ich scheide nun ab.
Legt mir eine Birne mit ins Grab!“
Und drei Tage drauf, aus dem Doppeldachhaus,
Trugen von Ribbeck sie hinaus.
Alle Bauern und Büdner mit Feiergesicht
Sangen „Jesus meine Zuversicht!“
Und die Kinder klagten, das Herze schwer:
„He is dod nu. Wer giwt uns nu ne Beer?“

So klagten die Kinder. Das war nicht recht –
Ach, sie kannten den alten Ribbeck schlecht!
Der neue freilich, der knausert und spart,
Hält Park und Birnbaum strenge verwahrt.
Aber der alte, vorahnend schon
Und voll Misstraun gegen den eigenen Sohn,
Der wusste genau, was damals er tat,
Als um eine Birn ins Grab er bat;
Und im dritten Jahr aus dem stillen Haus
Ein Birnbaumsprössling sprosst heraus.

Und die Jahre gehen wohl auf und ab,
Längst wölbt sich ein Birnbaum über dem Grab,
Und in der goldenen Herbsteszeit
Leuchtets wieder weit und breit,
Und kommt ein Jung übern Kirchhof her,
So flüsterts im Baume: „Wiste ne Beer?“
Und kommt ein Mädel, so flüsterts: „Lütt Dirn,
Kumm man röwer, ick gew di ne Birn!“

So spendet Segen noch immer die Hand
Des von Ribbeck auf Ribbeck im Havelland.

Theodor Fontane
1819-1898

Spindel, Weberschiffchen und Nadel

(Deutschland)

Es war einmal ein Mädchen, dem starb Vater und Mutter als es noch ein kleines Kind war. Am Ende des Dorfes wohnte in einem Häuschen ganz allein seine Patin, die sich vom Spinnen, Weben und Nähen ernährte. Die Alte nahm das Kind zu sich, und als es fünfzehn Jahre alt war, erkrankte sie, rief das Mädchen an ihr Bett und sagte: „Liebe Tochter, ich fühle, dass mein Ende herannaht, ich hinterlasse dir das Häuschen, dazu Spindel, Weberschiffchen und Nadel, damit kannst du dir dein Brot verdienen.“ Sie legte die Hände auf seinen Kopf und segnete es. Darauf schloss sie die Augen, und als sie bestattet wurde, ging das Mädchen weinend hinter dem Sarg zum Grab.

Nun lebte das Mädchen in dem Haus ganz allein, war fleißig, spann, webte und nähte, und auf allem, was sie tat, ruhte der Segen der guten Alten. Es war, als ob sich der Flachs in der Kammer von selbst mehrte, und wenn sie einen Stoff oder einen Teppich gewebt oder ein Hemd genäht hatte, dann fand sich gleich ein Käufer, der es reichlich bezahlte, so dass sie keine Not empfand und mit andern noch etwas teilen konnte.

Um diese Zeit zog der Sohn des Königs im Land umher und wollte sich eine Braut suchen. Eine arme sollte er nicht wählen, und eine reiche wollte er nicht. Da sprach er: „Die soll meine Frau werden, die zugleich die ärmste und die reichste ist.“ Als er in das Dorf kam, wo das Mädchen lebte, fragte er, wie er überall tat, wer in dem Dorf die reichste und wer die ärmste wäre. Sie nannten ihm die reichste zuerst; die ärmste, sagten sie, wäre das Mädchen, das in dem kleinen Haus ganz am Ende wohnte.

Die Reiche saß vor der Haustür in vollem Putz, und als der Königssohn sich näherte, stand sie auf, ging ihm entgegen und neigte sich vor ihm. Er sah sie an, sprach kein Wort und ritt weiter. Als er zu dem Haus der Armen kam, stand das Mädchen nicht an der Türe, sondern saß im Stübchen. Er hielt das Pferd an und sah durch das Fenster, durch das die helle Sonne schien, das Mädchen an dem Spinnrad sitzen und spinnen. Sie blickte auf, und als sie bemerkte, dass der Königssohn hereinschaute, ward sie über und über rot, schlug die Augen nieder und spann weiter; ob der Faden diesmal ganz gleich ward, weiß ich nicht, aber sie spann so lange, bis der Königssohn wieder weggeritten war. Dann trat sie ans Fenster, öffnete es und sagte: „Es ist so heiß in der Stube“, aber sie blickte ihm nach, solange sie noch die weißen Federn an seinem Hut erkennen konnte.

Das Mädchen setzte sich wieder in seine Stube zur Arbeit und spann weiter. Da kam ihr ein Spruch in den Sinn, den die Alte manchmal gesagt hatte, wenn sie bei der Arbeit saß, und sie sang so vor sich hin:

„Spindel, Spindel, geh du aus,
bring den Freier in mein Haus.“

Was geschah? Die Spindel sprang ihr augenblicklich aus der Hand und zur Türe hinaus; und als sie vor Verwunderung aufstand und ihr nachblickte, so sah sie, dass sie lustig in das Feld hineintanzte und einen glänzenden goldenen Faden hinter sich her zog. Nicht lange, so war sie ihr aus den Augen verschwunden. Das Mädchen, das keine Spindel mehr hatte, nahm das Weberschiffchen in die Hand, setzte sich an den Webstuhl und fing an zu weben.

Die Spindel aber tanzte immer weiter, und eben, als der Faden zu Ende war, hatte sie den Königssohn erreicht. „Was sehe ich“, rief er, „die Spindel will mir wohl den Weg zeigen?“ drehte sein Pferd um und ritt an dem goldenen Faden zurück. Das Mädchen aber saß an seiner Arbeit und sang:

„Schiffchen, Schiffchen, webe fein,
führ’ den Freier mir herein.“

Da sprang ihr das Schiffchen aus der Hand und sprang zur Türe hinaus. Vor der Türschwelle aber fing es an, einen Teppich zu weben, schöner als man je einen gesehen hat. Auf beiden Seiten blühten Rosen und Lilien, und in der Mitte auf goldenem Grund stiegen grüne Ranken herauf, darin sprangen Hasen und Kaninchen; Hirsche und Rehe streckten die Köpfe dazwischen; oben in den Zweigen saßen bunte Vögel; es fehlte nichts, als dass sie gesungen hätten. Das Schiffchen sprang hin und her, und es war, als wüchse alles von selber.

Weil das Schiffchen fortgelaufen war, hatte sich das Mädchen zum Nähen hingesetzt. Sie hielt die Nadel in der Hand und sang:

„Nadel, Nadel, spitz und fein,
mach das Haus dem Freier rein.“

Da sprang ihr die Nadel aus den Fingern und flog in der Stube hin und her, so schnell wie der Blitz. Es war nicht anders, als wenn unsichtbare Geister arbeiteten, Tisch und Bänke überzogen sich mit grünem Tuch, die Stühle mit Sammet, und an den Fenstern hingen seidene Vorhänge herab. Kaum hatte die Nadel den letzten Stich getan, da sah das Mädchen schon durch das Fenster die weißen Federn von dem Hut des Königssohnes, den die Spindel an dem goldenen Faden herbeigeholt hatte. Er stieg ab, schritt über den Teppich in das Haus herein, und als er in die Stube trat, stand das Mädchen da in seinem ärmlichen Kleid, aber es glühte darin wie eine Rose im Busch. „Du bist die Ärmste und auch die Reichste“, sprach er zu ihr, „komm mit mir, du sollst meine Braut sein.“ Sie schwieg, aber sie reichte ihm die Hand. Da gab er ihr einen Kuss, führte sie hinaus, hob sie auf sein Pferd und brachte sie in das königliche Schloss, wo die Hochzeit mit großer Freude gefeiert ward. Spindel, Weberschiffchen und Nadel wurden in der Schatzkammer verwahrt und in großen Ehren gehalten.

(KHM 188)

„Auf allem, was es tat, lag der Segen der Alten“

Ein Märchen, das in seiner Erzählweise deutlich die Sprache der ersten Hälfte des 19. Jahrhunderts spricht: Ein wenig biedermeierlich wirkt die Schilderung der Lebensweise von der Patin und dem Mädchen. Da ist von Frömmigkeit die Rede; die häuslichen Arbeiten werden als tugendhaft dargestellt; das Abgeben-können scheint geradezu ein Bedürfnis zu sein; der Fleiß ist offenbar eine Voraussetzung für die Anerkennung durch den Königssohn.

Manchem Zuhörer mag das zu edel klingen. Wir sollten aber wissen, dass fromm sein nicht eigentlich den Beigeschmack der Frömmelei hat, wie es Andachtsbildchen uns weis machen wollen. Die ursprüngliche Bedeutung des Wortes fromm war „gut im Geschirr gehen“, „sich schicken“, so wie heute noch ein Bauer von einem frommen Pferd spricht, wenn es gut zu lenken ist.

Die Tätigkeiten des Spinnens und Webens sind hier keine überholten handwerklichen Fertigkeiten, sondern deuten auf die Fähigkeit hin, den Lebensfaden in die Hand nehmen und gestalten zu können.

Wer ist die Patin? Es heißt: Auf allem, was sie tat, ruhte der Segen der Alten. Die Patin ist unscheinbar, aber ihrem Dasein verdankt das Mädchen nicht nur die Fähigkeit, sich durch praktische Arbeit im Leben erhalten zu können, sondern auch die magisch wirkenden Sprüche, die sie zum Spinnen, Weben und Nähen singt. Nicht der Königssohn wirbt um das Mädchen, sondern sie singt ihn herbei. Auch das hat die Alte ihr beigebracht, sie dazu befähigt. Die Patin ist wahrhaft eine kluge überlegene Initiationsmeisterin, die nicht belehrt, aber lehrt, so dass das Wissen um das förderliche Leben von dem Mädchen unbewusst im rechten Augenblick angewandt wird.

***

Du kannst nicht sein, du kannst dich nur verschwenden,
Kannst nicht bleiben, die Erde wandert aller Enden;
Du kannst nicht sammeln, jedes Gold wird Blei,
Und nichts ergreifen, alles schwirrt vorbei;
Du kannst nicht wissen, denn es ward schon Trug.
Du kannst nur lieben. Lieben ist genug.

Ernst Bertram
1884 – 1957

Die Gänsehirtin am Brunnen

(Deutschland)

Es war einmal ein steinaltes Mütterchen, das lebte mit seiner Herde Gäns in einer Einöde zwischen Bergen und hatte da ein kleines Haus. Die Einöde war von einem großen Wald umgeben, und jeden Morgen nahm die Alte ihre Krücke und wackelte in den Wald. Da war aber das Mütterchen ganz geschäftig, mehr als man ihm bei seinen hohen Jahren zugetraut hätte, sammelte Gras für seine Gänse, brach sich das wilde Obst ab, so weit es mit den Händen reichen konnte, und trug alles auf seinem Rücken heim. Man hätte meinen sollen, die schwere Last müsste sie zu Boden drücken, aber sie brachte sie immer glücklich nach Haus. Wenn ihr jemand begegnete, so grüßte sie ganz freundlich: „Guten Tag, lieber Landsmann, heute ist schönes Wetter. Ja, Ihr wundert Euch, dass ich das Gras schleppe, aber jeder muss seine Last auf den Rücken nehmen“. Doch die Leute begegneten ihr nicht gerne und nahmen lieber einen Umweg, und wenn ein Vater mit seinem Knaben an ihr vorüber ging, so sprach er leise zu ihm: „Nimm dich in Acht vor der Alten, die hat’s faustdick hinter den Ohren: es ist eine Hexe“.

Eines Morgens ging ein hübscher junger Mann durch den Wald. Die Sonne schien hell, die Vögel sangen, und ein kühles Lüftchen strich durch das Laub, und er war voll Freude und Lust. Noch war ihm kein Mensch begegnet, als er plötzlich die alte Hexe erblickte, die am Boden auf den Knien saß und das Gras mit einer Sichel abschnitt. Eine ganze Last hatte sie schon in ihr Tragtuch geschoben, und daneben standen zwei Körbe, die mit wilden Birnen und Äpfeln angefüllt waren. „Aber Mütterchen“ sprach er, wie kannst du das alles fort schaffen?“ – „Ich muss sie tragen, lieber Herr“ antwortete sie, „reicher Leute Kinder brauchen es nicht. Aber beim Bauer heißt's:

Schau dich nicht um,
Dein Buckel ist krumm.

Wollt Ihr mir helfen?“ sprach sie, als er bei ihr stehen blieb, „Ihr habt noch einen geraden Rücken und junge Beine, es wird Euch ein Leichtes sein. Auch ist mein Haus nicht so weit von hier: hinter dem Berge dort steht es auf einer Heide. Wie bald seid Ihr da hinauf gesprungen“. Der junge Mann empfand Mitleid mit der Alten; „Zwar ist mein Vater kein Bauer“ antwortete er, „sondern ein reicher Graf, aber damit Ihr seht, dass die Bauern nicht allein tragen können, so will ich euer Bündel aufnehmen“. – „Wollt Ihr's versuchen“ sprach sie, so soll mir's lieb sein. Eine Stunde weit werdet Ihr freilich gehen müssen, aber was macht Euch das aus! Dort die Äpfel und Birnen müsst Ihr auch tragen“. Es kam dem jungen Grafen doch ein wenig bedenklich vor, als er von einer Stunde Wegs hörte, aber die Alte ließ ihn nicht wieder los, packte ihm das Tragtuch auf den Rücken und hing ihm die beiden Körbe an den Arm. „Seht Ihr, es geht ganz leicht“ sagte sie. „Nein, es geht nicht leicht“ antwortete der Graf und machte ein schmerzliches Gesicht, „der Bündel drückt ja so schwer, als wären lauter Wackersteine darin, und die Äpfel und Birnen haben ein Gewicht, als wären sie von Blei; ich kann kaum atmen“. Er hatte Lust, alles wieder abzulegen, aber die Alte ließ es nicht zu. „Seht einmal“ sprach sie spöttisch, „ der junge Herr will nicht tragen, was ich alte Frau schon so oft fort geschleppt habe. Mit schönen Worten sind sie bei der Hand, aber wenn's ernst wird, so wollen sie sich aus dem Staub machen. Was steht Ihr da“ fuhr sie fort, „und zaudert, hebt die Beine auf. Es nimmt Euch niemand den Bündel wieder ab“. So lange er auf ebener Erde ging, war’s noch auszuhalten, aber als sie an den Berg kamen und steigen mussten und die Steine hinter seinen Füßen hinab rollten, als wären sie lebendig, da ging’s über seine Kräfte. Die Schweißtropfen standen ihm auf der Stirne und liefen ihm bald heiß, bald kalt über den Rücken hinab. „Mütterchen“ sagte er, „ich kann nicht weiter, ich will ein wenig ruhen“. – „Nichts da“ antwortete die Alte, „wenn wir angelangt sind, so könnt Ihr ausruhen, aber jetzt müsst Ihr vorwärts. Wer weiß, wozu Euch das gut ist“. – „Alte, du wirst unverschämt“ sagte der Graf und wollte das Tragtuch abwerfen, aber er bemühte sich vergeblich: es hing so fest an seinem Rücken, als wenn es angewachsen wäre. Er drehte und wendete sich, aber er konnte es nicht wieder loswerden. Die Alte lachte dazu und sprang ganz vergnügt auf ihrer Krücke herum. „Erzürnt Euch nicht, lieber Herr“ sprach sie, „Ihr werdet ja so rot im Gesicht wie ein Zinshahn. Tragt Euer Bündel mit Geduld; wenn wir zu Hause angelangt sind, so will ich Euch schon ein gutes Trinkgeld geben“. Was wollte er machen? Er musste sich in sein Schicksal fügen und geduldig hinter der Alten herschleichen. Sie schien immer flinker zu werden und ihm seine Last immer schwerer. Auf einmal tat sie einen Satz, sprang auf das Tragtuch und setzte sich oben darauf; wie zaundürre sie war, so hatte sie doch mehr Gewicht als die dickste Bauerndirne. Dem Jüngling zitterten die Knie, aber wenn er nicht fort ging, so schlug ihn die Alte mit einer Gerte und mit Brennnesseln auf die Beine. Unter beständigem Ächzen stieg er den Berg hinauf und langte endlich bei dem Haus der Alten an, als er eben niedersinken wollte. Als die Gänse die Alte erblickten, streckten sie die Flügel in die Höhe und die Hälse voraus, liefen ihr entgegen und schrien ihr Wulle, Wulle. Hinter der Herde, mit einer Rute in der Hand, ging eine bejahrte Trulle, stark und groß, aber hässlich wie die Nacht. „Frau Mutter“ sprach sie zur Alten, „ist Euch etwas begegnet? Ihr seid so lange ausgeblieben“. – „Bewahre, mein Töchterchen“ erwiderte sie, „mir ist nichts Böses begegnet, im Gegenteil, der liebe Herr da hat mir meine Last getragen; denk dir, als ich müde war, hat er mich selbst noch auf den Rücken genommen. Der

Weg ist uns gar nicht lang geworden, wir sind lustig gewesen und haben immer Spaß miteinander gemacht". Endlich rutschte die Alte herab, nahm dem jungen Mann den Bündel vom Rücken und die Körbe vom Arm, sah ihn ganz freundlich an und sprach: „Nun setzt Euch auf die Bank vor die Türe und ruht Euch aus. Ihr habt Euern Lohn redlich verdient, der soll auch nicht ausbleiben". Dann sprach sie zu der Gänsehirtin: „Geh du ins Haus hinein, mein Töchterchen, es schickt sich nicht, dass du mit einem jungen Herrn allein bist, man muss nicht Öl ins Feuer gießen; er könnte sich in dich verlieben". Der Graf wusste nicht, ob er weinen oder lachen sollte. Solch ein Schätzchen, dachte er, und wenn es dreißig Jahre jünger wäre, könnte doch mein Herz nicht rühren. Indessen hätschelte und streichelte die Alte ihre Gänse wie Kinder und ging dann mit ihrer Tochter ins Haus. Der Jüngling streckte sich auf die Bank unter einem wilden Apfelbaum. Die Luft war lau und mild: ringsumher breitete sich eine grüne Wiese aus, die mit Himmelschlüsseln, wildem Thymian und tausend andern Blumen übersät war: mittendurch rauschte ein klarer Bach, auf dem die Sonne glitzerte; und die weißen Gänse gingen auf und ab spazieren oder puddelten sich im Wasser. „Es ist recht lieblich hier" sagte er, „aber ich bin so müde, dass ich die Augen nicht aufbehalten mag: ich will ein wenig schlafen. Wenn nur kein Windstoß kommt und bläst mir meine Beine vom Leibe weg, denn sie sind mürb wie Zunder".

Als er ein Weilchen geschlafen hatte, kam die Alte und schüttelte ihn wach. „Steh auf" sagte sie, „hier kannst du nicht bleiben. Freilich habe ich dir's sauer gemacht, aber das Leben hat's doch nicht gekostet. Jetzt will ich dir deinen Lohn geben, Geld und Gut brauchst du nicht, da hast du etwas anderes". Damit steckte sie ihm ein Büchslein in die Hand, das aus einem einzigen Smaragd geschnitten war. „Bewahr's wohl" setzte sie hinzu, „es wird dir Glück bringen". Der Graf sprang auf, und da er fühlte, dass er ganz frisch und wieder bei Kräften war, so dankte er der Alten für ihr Geschenk und machte sich auf den Weg, ohne sich nach dem schönen Töchterchen auch nur einmal umzublicken. Als er schon eine Strecke weg war, hörte er noch aus der Ferne das lustige Geschrei der Gänse.

Der Graf musste drei Tage in der Wildnis umherirren, ehe er sich herausfinden konnte. Da kam er in eine große Stadt, und weil ihn niemand kannte, ward er in das königliche Schloss geführt, wo der König und die Königin auf dem Thron saßen. Der Graf ließ sich auf ein Knie nieder, zog das smaragdene Gefäß aus der Tasche und legte es der Königin zu Füßen. Sie hieß ihn aufstehen, und er musste ihr das Büchslein hinaufreichen. Kaum aber hatte sie es geöffnet und hineingeblickt, so fiel sie wie tot zur Erde. Der Graf ward von den Dienern des Königs festgehalten und sollte in das Gefängnis geführt werden, da schlug die Königin die Augen auf und rief, sie sollten ihn freilassen, und jedermann sollte hinausgehen, sie wollte insgeheim mit ihm reden.

Als die Königin allein war, fing sie bitterlich an zu weinen und sprach: „Was hilft mir Glanz und Ehre, die mich umgeben, jeden Morgen erwache ich mit Sorgen und Kummer. Ich habe drei Töchter gehabt, davon war die jüngste so schön, dass sie alle Welt für ein Wunder hielt. Sie war so weiß wie Schnee, so rot wie Apfelblüte und ihr Haar so glänzend wie Sonnenstrahlen. Wenn sie weinte, so fielen nicht Tränen aus ihren Augen, sondern lauter Perlen und Edelsteine. Als sie fünfzehn Jahr alt war, da ließ der König alle drei Schwestern vor seinen Thron kommen. Da hättet Ihr sehen sollen, was die Leute für Augen machten, als die jüngste eintrat; es war, als wenn die Sonne aufging. Der König sprach: ‚Meine Töchter, ich weiß nicht, wann mein letzter Tag kommt, ich will heute bestimmen, was eine jede nach meinem Tod erhalten soll. Ihr alle habt mich lieb, aber welche mich von euch am liebsten hat, die soll das Beste haben'. Jede sagte, sie hätte ihn am liebsten. ‚Könnt ihr mir's nicht ausdrücken' erwiderte der König, ‚wie lieb ihr mich habt? Daran werde ich's sehen, wie ihr's meint'. Die älteste sprach: ‚Ich habe den Vater so lieb wie den süßesten Zucker'. Die zweite: ‚Ich habe den Vater so lieb wie mein schönstes Kleid'. Die jüngste aber schwieg. Da fragte der Vater: ‚Und du, mein liebes Kind, wie lieb hast du mich?' – ‚Ich weiß es nicht' antwortete sie, und kann meine Liebe mit nichts vergleichen'. Aber der Vater bestand darauf, sie müsste etwas nennen. Da sagte sie endlich: ,Die beste Speise schmeckt mir nicht ohne Salz, darum habe ich den Vater so lieb wie Salz'. Als der König das hörte, geriet er in Zorn und sprach: ,Wenn du mich so liebst wie Salz, so soll deine Liebe auch mit Salz belohnt werden'. Da teilte er das Reich zwischen die beiden ältesten, der jüngsten aber ließ er einen Sack mit Salz auf den Rücken binden, und zwei Knechte mussten sie hinaus in den wilden Wald führen. Wir haben alle für sie gefleht und gebeten" sagte die Königin, „aber der Zorn des Königs war nicht zu erweichen. Wie hat sie geweint, als sie uns verlassen musste! Der ganze Weg ist mit Perlen besät worden, die ihr aus den Augen geflossen sind. Den König hat bald hernach seine große Härte gereut und hat das arme Kind in dem ganzen Wald suchen lassen, aber niemand konnte sie finden. Wenn ich denke, dass sie die wilden Tiere gefressen haben, so weiß ich mich vor Traurigkeit nicht zu fassen; manchmal tröste ich mich mit der Hoffnung, sie sei noch am Leben und habe sich in einer Höhle versteckt oder bei mitleidigen Menschen Schutz gefunden. Aber stellt Euch vor, als ich euer Smaragdbüchslein aufmachte, so lag eine Perle darin, gerade der Art, wie sie meiner Tochter aus den Augen geflossen sind, und da könnt Ihr Euch vorstellen, wie mir der Anblick das Herz bewegt hat. Ihr sollt mir sagen, wie Ihr zu der Perle gekommen seid".

Der Graf erzählte ihr, dass er sie von der Alten im Walde erhalten hätte, die ihm nicht geheuer vorgekommen wäre und eine Hexe sein müsste; von ihrem Kinde aber hätte er nichts gehört und gesehen. Der König und die Königin fassten den Entschluss, die Alte aufzusuchen; sie dachten, wo die Perle gewesen wäre, da müssten sie auch Nachricht von ihrer Tochter finden.

Die Alte saß draußen in der Einöde bei ihrem Spinnrad und spann. Es war schon dunkel geworden, und ein Span, der unten am Herd brannte, gab ein sparsames Licht. Auf einmal ward's draußen laut, die Gänse kamen heim von der Weide und ließen ihr heiseres Gekreisch hören. Bald hernach trat auch die Tochter herein. Aber die Alte dankte ihr kaum und schüttelte nur ein wenig mit dem Kopf. Die Tochter setzte sich zu ihr nieder, nahm ihr Spinnrad und drehte den Faden so flink wie ein junges Mädchen. So saßen beide zwei Stunden und sprachen kein Wort miteinander. Endlich raschelte etwas am Fenster, und zwei feurige Augen glotzten herein. Es war eine alte Nachteule, die dreimal uhu schrie. Die Alte schaute nur ein wenig in die Höhe, dann sprach sie: „Jetzt ist's Zeit, Töchterchen, dass du hinausgehst, tu deine Arbeit“.

Sie stand auf und ging hinaus. Wo ist sie denn hingegangen? Über die Wiesen immer weiter bis in das Tal. Endlich kam sie zu einem Brunnen, bei dem drei alte Eichbäume standen. Der Mond war indessen rund und groß über dem Berg aufgestiegen, und es war so hell, dass man eine Stecknadel hätte finden können. Sie zog die Haut ab, die auf ihrem Gesicht lag, bückte sich dann zu dem Brunnen und fing an, sich zu waschen. Als sie fertig war, tauchte sie auch die Haut in das Wasser und legte sie dann auf die Wiese, damit sie wieder im Mondschein bleichen und trocknen sollte. Aber wie war das Mädchen verwandelt! Als der graue Zopf abfiel, da quollen die goldenen Haare wie Sonnenstrahlen hervor und breiteten sich, als wär's ein Mantel, über ihre ganze Gestalt. Nur die Augen blitzten heraus so glänzend wie die Sterne am Himmel, und die Wangen schimmerten in sanfter Röte wie die Apfelblüte.

Aber das schöne Mädchen war traurig. Es setzte sich nieder und weinte bitterlich. Eine Träne nach der andern drang aus seinen Augen und rollte zwischen den langen Haaren auf den Boden. So saß sie da und wäre lange sitzen geblieben, wenn es nicht in den Ästen des nahe stehenden Baumes geknittert und gerauscht hätte. Sie sprang auf wie ein Reh, das den Schuss des Jägers vernimmt. Der Mond war gerade von einer schwarzen Wolke bedeckt, und im Augenblick war das Mädchen wieder in die alte Haut geschlüpft und verschwand wie ein Licht, das der Wind ausbläst.

Zitternd wie Espenlaub lief sie zu dem Haus zurück. Die Alte stand vor der Türe, und das Mädchen wollte ihr erzählen, was ihm begegnet war, aber die Alte lachte freundlich und sagte: „Ich weiß schon alles“. Sie führte es in die Stube und zündete einen neuen Span an. Aber sie setzte sich nicht wieder zu dem Spinnrad, sondern sie holte einen Besen und fing an zu kehren und zu scheuern. „Es muss alles rein und sauber sein“ sagte sie zu dem Mädchen.

„Aber Mutter“ sprach das Mädchen, „warum fangt Ihr in so später Stunde die Arbeit an? Was habt Ihr vor?“ – „Weißt du denn, welche Stunde es ist?“ fragte die Alte. „Noch nicht Mitternacht“ antwortete das Mädchen, „aber schon elf vorbei“ – „Denkst du nicht daran“ fuhr die Alte fort, „dass du heute vor drei Jahren zu mir gekommen bist? Deine Zeit ist aus, wir können nicht länger beisammen bleiben“. Das Mädchen erschrak und sagte: „Ach, liebe Mutter, wollt Ihr mich verstoßen? Wo soll ich hin? Ich habe keine Freunde und keine Heimat, wohin ich mich wenden kann. Ich habe alles getan, was Ihr verlangt habt, und Ihr seid immer zufrieden mit mir gewesen: schickt mich nicht fort“. Die Alte wollte dem Mädchen nicht sagen, was ihm bevorstand. „Meines Bleibens ist nicht länger hier“ sprach sie zu ihm; „wenn ich aber ausziehe, muss Haus und Stube sauber sein: darum halt mich nicht auf in meiner Arbeit. Deinetwegen sei ohne Sorgen, du sollst ein Dach finden, unter dem du wohnen kannst, und mit dem Lohn, den ich dir geben will, wirst du auch zufrieden sein“. – „Aber sagt mir nur, was habt Ihr vor?“ fragte das Mädchen weiter. „Ich sage dir nochmals, störe mich nicht in meiner Arbeit. Rede kein Wort weiter, geh in deine Kammer, nimm die Haut vom Gesicht und zieh das seidene Kleid an, das du trugst, als du zu mir kamst, und dann harre in deiner Kammer, bis ich dich rufe“.

Aber ich muss wieder von dem König und der Königin erzählen, die mit dem Grafen ausgezogen waren und die Alte in der Einöde aufsuchen wollten. Der Graf war nachts in dem Walde von ihnen abgekommen und musste allein weitergehen. Am andern Tag kam es ihm vor, als befände er sich auf dem rechten Weg. Er ging immer fort, bis die Dunkelheit einbrach; da stieg er auf einen Baum und wollte da übernachten, denn er war besorgt, er möchte sich verirren. Als der Mond die Gegend erhellt, so erblickte er eine Gestalt, die den Berg herabwandelte. Sie hatte keine Rute in der Hand, aber er konnte doch sehen, dass es die Gänsehirtin war, die er früher bei dem Haus der Alten gesehen hatte. „Oho!“ rief er, „da kommt sie, und habe ich erst die eine Hexe, so soll mir die andere auch nicht entgehen“. Wie erstaunte er aber, als sie zu dem Brunnen trat, die Haut ablegte und sich wusch, als die goldenen Haare über sie herab fielen und sie so schön war, wie er noch niemand auf der Welt gesehen hatte. Kaum dass er zu atmen wagte, aber er streckte den Hals zwischen dem Laub so weit vor, als er nur konnte, und schaute sie mit unverwandten Blicken an. Ob er sich zu weit überbog oder was sonst schuld war, plötzlich krachte der Ast, und in dem selben Augenblick schlüpfte das Mädchen in die Haut, sprang wie ein Reh davon, und da der Mond sich zugleich bedeckte, so war sie seinen Blicken entzogen.

Kaum war sie verschwunden, so stieg der Graf von dem Baum herab und eilte ihr mit behänden Schritten nach. Er war noch nicht lange gegangen, so sah er in der Dämmerung zwei Gestalten über die Wiese wandeln. Es war der König und die Königin, die hatten aus der Ferne das Licht in dem Häuschen der Alten erblickt und waren darauf zugegangen. Der Graf erzählte ihnen, was er für Wunderdinge bei dem Brunnen gesehen hätte, und sie zweifelten nicht, dass das ihre verlorene Tochter gewesen wäre. Voll Freude gingen sie weiter und kamen bald bei dem Häuschen an: die Gänse saßen ringsherum. Hatten den Kopf in die Flügel gesteckt und schliefen, und keine regte sich. Sie schauten zum Fenster hinein; da saß die Alte ganz still und spann, nickte mit dem Kopf und sah sich nicht um. Es war ganz sauber in der Stube, als wenn da die kleinen Nebelmännlein wohnten, die keinen Staub auf den Füßen tragen. Ihre Tochter aber sahen sie nicht. Sie schauten das alles eine Zeit lang an, endlich fassten sie ein Herz und klopften leise ans Fenster. Die Alte schien sie erwartet zu haben, sie stand auf und rief ganz freundlich: „Nur herein, ich kenn euch schon“. Als sie in die Stube eingetreten waren, sprach die Alte: „Den weiten Weg hättet ihr euch sparen können, wenn ihr euer Kind, das so gut und liebreich ist, nicht vor drei Jahren ungerechterweise verstoßen hättet. Ihr hat's nicht geschadet, sie hat drei Jahre lang die Gänse hüten müssen: sie hat nichts Böses dabei gelernt, sondern ihr reines Herz behalten. Ihr aber seid durch die Angst, in der ihr gelebt habt, hinlänglich bestraft". Dann ging sie an die Kammer und rief: „Komm heraus, mein Töchterchen". Da ging die Türe auf, und die Königstochter trat heraus in ihrem seidenen Gewand mit ihren goldenen Haaren und ihren leuchtenden Augen, und es war, als ob ein Engel vom Himmel käme.

Sie ging auf ihren Vater und auf ihre Mutter zu, fiel ihnen um den Hals und küsste sie: es war nicht anders, sie mussten alle vor Freude weinen. Der junge Graf stand neben ihnen, und als sie ihn erblickte, ward sie rot im Gesicht wie eine Moosrose; sie wusste selbst nicht warum. Der König sprach: „Liebes Kind, mein Königreich habe ich verschenkt, was soll ich dir geben?" – „Sie braucht nichts" sagte die Alte, „ich schenke ihr die Tränen, die sie um euch geweint hat, das sind lauter Perlen, schöner, als sie im Meer gefunden werden, und sind mehr wert, als euer ganzes Königreich. Und zum Lohn für ihre Dienste gebe ich ihr mein Häuschen". Als die Alte das gesagt hatte, verschwand sie vor ihren Augen. Es knatterte ein wenig in den Wänden, und als sie sich umsahen, war das Häuschen in einen prächtigen Palast verwandelt, und eine königliche Tafel war gedeckt, und die Bedienten liefen hin und her.

Die Geschichte geht noch weiter, aber meiner Großmutter, die sie mir erzählt hat, war das Gedächtnis schwach geworden: sie hatte das übrige vergessen. Ich glaube immer, die schöne Königstochter ist mit dem Grafen vermählt worden, und sie sind zusammen in dem Schloss geblieben und haben da in aller Glückseligkeit gelebt, solange Gott wollte. Ob die schneeweißen Gänse, die bei dem Häuschen gehütet wurden, lauter Mädchen waren (es braucht's niemand übel zu nehmen), welche die Alte zu sich genommen hatte, und ob sie jetzt ihre menschliche Gestalt wieder erhielten und als Dienerinnen bei der jungen Königin blieben, das weiß ich nicht genau, aber ich vermute es doch. So viel ist gewiss, dass die Alte keine Hexe war, wie die Leute glaubten, sondern eine weise Frau, die es gut meinte. Wahrscheinlich ist sie es auch gewesen, die der Königstochter schon bei der Geburt die Gabe verliehen hat, Perlen zu weinen statt Tränen. Heutzutage kommt das nicht mehr vor, sonst könnten die Armen bald reich werden.

(KHM 179)

„Jeder muss seine Last auf den Rücken nehmen"

Ein großes, sehr komplexes Märchen. Die Schicksale des Mädchens und des Jünglings stehen zwar im Vordergrund (in den Märchen ist das Lebende und das Zukünftige das eigentliche Thema), aber ohne das Alte und das Vergehende gäbe es das Leben nicht. Das Absterbende ist der Nährboden für das Werdende, ist gleichsam Humuserde, die neue Vegetation gedeihen lässt. Wenn dieser Vorgang, wie im Anfang unseres Märchens, vom alten König verkannt wird, muss die junge Generation, hier die jüngste Tochter, dieses Problem aufarbeiten. Der alte König sieht sein Versagen nicht, aber er spürt es doch: Er sucht seine Tochter, wie Menschen auf einer Pilgerwanderung Erlösung suchen; es ist ein Bild für den Gang ins Ungewisse, ins Elend, in die Fremde; er ist sich selbst fremd geworden. Verstärkt wird das Bild der vorübergehenden Thronaufgabe dadurch, dass der alte König sich von dem jungen Grafen führen lässt.

Die Gegenfigur zum alten versagenden König ist die absonderliche Alte. Zuerst begegnet sie uns mit der Sichel. Eine Sichel schneidet Lebendig-Junges ab und bringt es so in einen Trockenzustand, das heißt es muss eine Wartezeit ausgehalten werden, bis das Getrocknete wieder zu lebendiger Nahrung wird. Dieses anfängliche Bild steht wie ein Leitmotiv über dem Märchen, in dem Schweres und Leidvolles geschieht, an dessen Ende aber alles Getrennte zusammengefügt wird und neues erfülltes Leben verheißt.

Die Alte ist eine strenge Zuchtmeisterin. Sie schwingt ihre Krücke wie ein Zepter. Sie selbst trägt Lasten, ist aber auch unerbittlich in ihrer Forderung an andere: „Jeder muss seine Last auf den Rücken nehmen“. Sie scheint uns fast boshaft und tückisch in ihrer Forderung an den hilfsbereiten Grafen. Wer hat sich als junger Mensch nicht über scheinbar halsstarrige Alte geärgert, die mit Bestimmtheit zu wissen vorgeben, was Heranwachsenden Not tut. Wenn wir als junger Mensch nur anerkennen könnten, dass Alte einen weiteren und tieferen Blick in die Vergangenheit und in die Zukunft haben, dann hätten wir unsere Last williger geschultert. In der strengen Alten verbirgt sich ja auch die helfende schützende „Großmutter“, die dem Mädchen eine Bleibe gibt und es Fertigkeiten lehrt. Dem feinen Grafensohn verlangt sie eine Bewährung ab, die ihn zu einem tragfähigen erwachsenen Mann mit Führungsqualitäten macht: Er weist der Königin und dem König den Weg in die Einöde.

Eine Strenge, wie die Alte sie zeigt, ist heute nicht sehr gefragt, ist aber bitter nötig. Dahinter verbirgt sich das früher selbstverständliche Modell der Initiation junger Menschen: Mädchen und Jungen wurden von zu Hause fortgeführt, mussten in Einsamkeit Aufgaben erfüllen und unter Umständen Schmerzen erdulden. So lernten sie die Anforderungen der Erwachsenen ertragen und meistern. Nach diesen Prüfungen wurden sie als Verwandelte wieder in die Gemeinschaft zurückgeführt.

Die Alte lädt dem Grafen nicht nur schwere Lasten auf; sie springt dazu selbst auf seinen Rücken. Er muss fremdes Altes ertragen und tragen lernen. „Wer weiß, wozu Euch das gut ist!“ ruft sie ihm zu. Sie weiß es offenbar. Später sagt sie: „Ihr habt Euren Lohn redlich verdient, der soll nicht ausbleiben“. Sein Lohn ist schließlich das Königtum im Gewinn der Königstochter. Das wird nicht ausdrücklich gesagt, aber wir vermuten es doch. Und die Hütte der Alten verwandelt sich in einen Palast – ein Bild für das neu gewonnene Selbstbewusstsein.

Das Mädchen erfährt ihre Einweihung, indem sie dienen muss. Dabei wird sie „mein Töchterchen“ genannt, wird als vom Thron Verstoßene an Kindes Statt angenommen. Sie spinnt bei der Alten, das heißt sie lernt ihren Lebensfaden in die Hand zu nehmen, das Verworrene zu ordnen, haltbar und nutzbar zu machen. Sie hat gelernt, Gänse zu hüten. Vögel gelten vielen Völkern als ein Seelenanteil des Menschen; diesen Teil ihres Selbst hat sie zu beherrschen gelernt.

Wie weise sich die anfangs hexenhafte Alte am Ende zurückzieht! Als Freude und Leid ins Gleichgewicht gesetzt sind, ist die Alte verschwunden. Von Anfang an hat sie alles gewusst: Sie verweigert dem verstoßenen Mädchen den billigen Trost, führt sie und den Grafen ins Erwachsenendasein ein. Ihr liegt nicht daran, in der Welt als eine gute Alte zu gelten, sondern sie erfüllt ihre Aufgabe als wissende, weise, fördernde Meisterin.

***

Der Komposthaufen

Hinter grünbemoosten Brettern,
wo der Garten sich verliert,
hebt sich aus verjährten Blättern
abgeschieden das Geviert.

Kürbisschalen, Blumenreste,
faule Frucht und welkes Kraut,
nasse Strünke, dürre Äste,
Eingeweide, Schuppenhaut,

bleiche, preisgegebne Dinge,
abgeschabt und ausgebeult -
Würmer, Asseln, Engerlinge
wimmeln, wesen engverknäult.

Oben summen Tausendschwärme
bläulich schillernd durch den Dunst,
unten in der dunklen Wärme
gärt und brodelt stumme Brunst.

Unablässiger Entfaltung
urgeheimes Schöpfungsbett -
und in heiliger Umgestaltung
quillt es schwärzlich, feucht und fett.

Wage nur, dem schwarzen Schoße,
Liebender, dich anzutraun!
Wirst die alterslose, große
Mutter, Braut und Schwester schaun.

Leben preist sich überschwenglich!
Wie ein ewiges Lobgebet
ist die Wollust unvergänglich
und die Brautnacht dauert stet.

Werner Bergengruen

Der Storch und seine Kinder

(Litauen)

Die Störche flogen über das Meer.
Ein Storchenkind wird müde und sagt zum alten Storch: „Vater, trage mich; wenn du alt bist, trage ich dich auch.“
„Nein, was du sagst, ist verkehrt“, antwortet der alte Storch. Sie fliegen weiter.
Da wird das andere Storchenkind müde und bittet den Vater auch, es zu tragen. Es sagt: „Ich werde dich tragen, wenn du alt bist.“
Auch ihm antwortet der Vater: „Was du sagst, ist verkehrt.“
Danach sagt das dritte Storchenkind: „Väterchen, trage mich, dann werde ich auch meine Kinder tragen.“
„Sieh da“, sagt der alte Storch, „du sagst das Richtige!“
Und er trug den Kleinen.

(Erzählfassung von Linde Knoch: Litauische Volksmärchen. Hrsg. von Bronislava Kerbelyté. Berlin. Akademie Verlag 1978.)

„Ich werde auch meine Kinder tragen“

Der Storchenvater ist wohl nicht alt an Jahren, aber er denkt und handelt im Sinne der weisen Alten. Zunächst mag es uns als Ärgernis erscheinen, dass die zwei ersten Storchenkinder abgewiesen werden, die daran denken, später den alten Vater „tragen“ zu wollen. Das jüngste Storchenkind aber denkt noch weiter: „Dann werde ich auch meine Kinder tragen". Dieser Vorsatz weist nicht nur in die Zukunft (das tun die anderen auch), sondern er verweist auf das zukünftige Leben. Man könnte sagen, die alten Eltern zu versorgen und zu ehren, das ist eine Selbstverständlichkeit, wenn es auch im Leben oft nicht so ist. Hier wird an die Fortzeugung des Lebens gedacht: Die Überlegungen bleiben nicht bei den eigenen Bedürfnissen stehen, (das ist der Wunsch getragen zu werden), auch nicht beim zutiefst Selbstverständlichen (wie soll es denn anders gehen, als dass die junge Generation sich für die ältere verantwortlich fühlt). Hier wird das Leben schlechthin beschworen und gefeiert: „Ich werde auch meine Kinder tragen". Der Vater erkennt dies an; das zeugt davon, dass er seine eigenen Bedürfnisse in den Hintergrund stellt und das zukünftige Leben in den Vordergrund.

***

Ich schlief und träumte,
das Leben wäre Freude.
Ich erwachte und sah,
das Leben war Pflicht.
Ich handelte und siehe,
Pflicht war Freude.

Abaindranath Tagore
1881 - 1951

Die Nixe im Teich

(Deutschland)

Es war einmal ein Müller, der führte mit seiner Frau ein vergnügtes Leben. Sie hatten Geld und Gut, und ihr Wohlstand nahm von Jahr zu Jahr zu. Aber Unglück kommt über Nacht: Wie ihr Reichtum gewachsen war, so schwand er von Jahr zu Jahr wieder hin, und zuletzt konnte der Müller kaum noch die Mühle, in der er saß, sein Eigentum nennen. Er war voll Kummer, und wenn er sich nach der Arbeit des Tags niederlegte, so fand er keine Ruhe, sondern wälzte sich voll Sorgen in seinem Bett. Eines Morgens stand er schon vor Tagesanbruch auf, ging hinaus ins Freie und dachte, es sollte ihm leichter ums Herz werden. Als er über den Mühldamm schritt, brach eben der erste Sonnenstrahl hervor, und er hörte in dem Weiher etwas rauschen. Er wendete sich um und erblickte ein schönes Weib, das sich langsam aus dem Wasser erhob. Ihre langen Haare flossen über die Schultern herab und bedeckten ihren weißen Leib. Er sah wohl, dass es die Nixe des Teichs war, und wusste vor Furcht nicht, ob er davongehen oder stehen bleiben sollte. Aber die Nixe redete ihn an, nannte ihn bei Namen und fragte, warum er so traurig wäre. Der Müller war anfangs stumm; als er sie aber so freundlich sprechen hörte, fasste er sich ein Herz und erzählte ihr, dass er sonst in Glück und

Reichtum gelebt hätte, aber jetzt so arm wäre, dass er sich nicht zu raten wüsste. „Sei ruhig“, antwortete die Nixe, „ich will dich reicher und glücklicher machen, als du je gewesen bist, nur musst du mir versprechen, dass du mir geben willst, was eben in deinem Hause jung geworden ist.“ – Was kann das anderes sein, als ein junger Hund oder ein junges Kätzchen? dachte der Müller und sagte ihr zu, was sie verlangte. Die Nixe stieg wieder in das Wasser hinab, und er eilte getröstet und guten Mutes zu seiner Mühle. Noch hatte er sie nicht erreicht, da trat die Magd aus der Haustüre und rief ihm zu, er solle sich freuen, seine Frau hätte ihm einen kleinen Knaben geboren. Der Müller stand wie vom Blitz gerührt; er sah wohl, dass die Nixe das gewusst und ihn betrogen hatte. Mit gesenktem Haupt trat er zu dem Bett seiner Frau, und als sie ihn fragte: „Warum freust du dich nicht über den schönen Knaben?“ da erzählte er ihr, wer ihm begegnet war und was für ein Versprechen er der Nixe gegeben hatte. „Was hilft mir Glück und Reichtum“, fügte er hinzu, „wenn ich mein Kind verlieren soll? Aber was kann ich tun?“ Auch die Verwandten, die gekommen waren, Glück zu wünschen, wussten keinen Rat.

Aber das Glück kehrte in das Haus des Müllers wieder ein. Was er unternahm, gelang, es war, als ob Kisten und Kasten von selbst sich füllten und das Geld im Schrank über Nacht sich mehrte. Es dauerte nicht lange, da war sein Reichtum größer als je zuvor. Aber er konnte sich nicht darüber freuen: die Zusage, die er der Nixe getan hatte, quälte sein Herz. Sooft er an dem Teich vorbeikam, fürchtete er, sie könnte auftauchen und ihn an seine Schuld mahnen. Den Knaben selbst ließ er nicht in die Nähe des Wassers: „Hüte dich“, sagte er zu ihm, „wenn du das Wasser berührst, so kommt eine Hand heraus, hascht dich und zieht dich hinab.“ Doch als Jahr auf Jahr verging und die Nixe sich nicht wieder zeigte, fing der Müller an, sich zu beruhigen.

Der Knabe wuchs zum Jüngling heran und kam bei einem Jäger in die Lehre. Als er ausgelernt hatte und ein tüchtiger Jäger geworden war, nahm ihn der Herr des Dorfes in seine Dienste. In dem Dorf war ein schönes Mädchen, das gefiel dem Jäger, und als sein Herr das bemerkte, schenkte er ihm ein kleines Haus; die beiden hielten Hochzeit, lebten ruhig und glücklich und liebten sich von Herzen.

Einmal verfolgte der Jäger ein Reh. Als das Tier aus dem Wald in das freie Feld ausbog, setzte er ihm nach und streckte es endlich mit einem Schuss nieder. Er bemerkte nicht, dass er sich in der Nähe des gefährlichen Weihers befand, und ging, nachdem er das Tier ausgeweidet hatte, zu dem Wasser, um seine mit Blut befleckten Hände zu waschen. Kaum aber hatte er sie hineingetaucht, als die Nixe emporstieg, lachend mit ihren nassen Armen ihn umschlang und so schnell hinabzog, dass die Wellen über ihm zusammenschlugen.

Als es Abend war und der Jäger nicht nach Haus kam, geriet seine Frau in Angst. Sie ging aus, ihn zu suchen, und da er ihr oft erzählt hatte, dass er sich vor den Nachstellungen der Nixe in acht nehmen müsste und sich nicht in die Nähe des Weihers wagen dürfte, ahnte sie schon, was geschehen war. Sie eilte zu dem Wasser, und als sie am Ufer seine Jägertasche liegen fand, da konnte sie nicht länger an dem Unglück zweifeln. Sie rief ihren Liebsten mit Namen, aber vergeblich: sie eilte hinüber auf die andere Seite des Weihers und rief ihn aufs Neue: sie schalt die Nixe mit harten Worten, aber keine Antwort erfolgte. Der Spiegel des Wassers blieb ruhig, nur das halbe Gesicht des Mondes blickte unbeweglich zu ihr herauf.

Die Frau verließ den Teich nicht. Mit schnellen Schritten, ohne Rast und Ruhe, umkreiste sie ihn immer von neuem. Endlich waren ihre Kräfte zu Ende: Sie sank zur Erde nieder und fiel in einen tiefen Schlaf. Sie hatte einen Traum.

Sie stieg zwischen großen Felsblöcken angstvoll aufwärts; Dornen und Ranken hakten sich an ihre Füße, der Regen schlug ihr ins Gesicht, und der Wind zauste ihr langes Haar. Als sie die Anhöhe erreicht hatte, bot sich ein ganz anderer Anblick dar. Der Himmel war blau, und auf einer Wiese stand eine Hütte. Sie ging darauf zu und öffnete die Türe; da saß eine alte Frau, die ihr freundlich winkte.

In dem Augenblick erwachte die Frau. Der Tag war schon angebrochen, und sie entschloss sich, gleich dem Traum Folge zu leisten. Sie stieg mühsam den Berg hinauf, und es war alles so, wie sie es in der Nacht gesehen hatte. Die Alte empfing sie freundlich und zeigte ihr einen Stuhl, auf den sie sich setzen sollte. „Du musst ein Unglück erlebt haben“, sagte sie, „weil du meine einsame Hütte aufsuchst.“ Die Frau erzählte ihr, was geschehen war. „Tröste dich“, sagte die Alte, „ich will dir helfen: da hast du einen goldenen Kamm. Harre, bis der Vollmond aufgestiegen ist, dann geh zu dem Weiher, setze dich am Rand nieder und strähle dein langes schwarzes Haar mit diesem Kamm. Wenn du aber fertig bist, dann lege ihn am Ufer nieder, und du wirst sehen, was geschieht.“

Die Frau kehrte zurück; aber die Zeit bis zum Vollmond verstrich ihr langsam. Endlich erschien die leuchtende Scheibe am Himmel; da ging sie an den Weiher, setzte sich nieder und kämmte ihre langen schwarzen Haare mit dem goldenen Kamm, und als sie fertig war, legte sie ihn an den Rand des Wassers nieder. Nicht lange, dann brauste es aus der Tiefe, eine Welle erhob sich, rollte an das Ufer und führte den Kamm mit sich fort. Als der Kamm auf den Grund gesunken war, teilte sich der Wasserspiegel, und der Kopf des Jägers stieg in die Höhe. Er sprach nicht, schaute aber seine Frau mit traurigen Blicken an. In demselben Augenblick kam eine zweite Welle herangerauscht und bedeckte das Haupt des Mannes. Alles war verschwunden, der Weiher lag so ruhig wie zuvor, und nur das Gesicht des Vollmondes glänzte darauf.

Trostlos kehrte die Frau zurück, doch der Traum zeigte ihr wieder die Hütte der Alten. Am nächsten Morgen machte sie sich auf den Weg und klagte der weisen Frau ihr Leid. Die Alte gab ihr eine goldene Flöte und sprach: „Harre, bis der Vollmond wieder kommt, dann nimm diese Flöte, setze dich an das Ufer, blas ein schönes Lied darauf, und wenn du damit fertig bist, so lege sie auf den Sand; du wirst sehen, was geschieht.“

Die Frau tat, wie die Alte gesagt hatte. Kaum lag die Flöte auf dem Sand, so brauste es aus der Tiefe: eine Welle erhob sich, zog heran und führte die Flöte mit sich fort. Bald darauf teilte sich das Wasser, und nicht bloß der Kopf, auch der Mann bis zur Hälfte des Leibes stieg hervor. Er breitete voll Verlangen seine Arme nach ihr aus, aber eine zweite Welle rauschte heran, bedeckte ihn und zog ihn wieder hinab.

„Ach, was hilft es mir“, sagte die Unglückliche, „dass ich meinen Liebsten nur erblicke, um ihn wieder zu verlieren.“ Kummer erfüllte aufs Neue ihr Herz, aber der Traum führte sie zum drittenmal in das Haus der Alten. Sie machte sich auf den Weg, und die weise Frau gab ihr ein goldenes Spinnrad, tröstete sie und sprach: „Hab Geduld, harre, bis der Vollmond kommt, dann nimm das Spinnrad, setze dich an das Ufer und spinn die Spule voll, und wenn du fertig bist, so stelle das Spinnrad nahe an das Wasser, und du wirst sehen, was geschieht.“

Die Frau befolgte alles genau. Sobald der Vollmond sich zeigte, trug sie das goldene Spinnrad an das Ufer und spann emsig, bis der Flachs zu Ende und die Spule mit dem Faden ganz gefüllt war. Kaum aber stand das Rad am Ufer, so brauste es noch heftiger als sonst in der Tiefe des Wassers, eine mächtige Welle eilte herbei und trug das Rad mit sich fort. Dann stieg mit einem Wasserstrahl der Kopf und der ganze Leib des Mannes in die Höhe. Schnell sprang er ans Ufer, fasste seine Frau an der Hand und entfloh. Aber kaum hatten sie sich eine kleine Strecke entfernt, da erhob sich mit entsetzlichem Brausen der ganze Weiher und strömte mit reißender Gewalt in das weite Feld hinein. Schon sahen die Fliehenden ihren Tod vor Augen; da rief die Frau in ihrer Angst die Hilfe der Alten an, und in dem Augenblick waren sie verwandelt, sie in eine Kröte, er in einen Frosch. Die Flut, die sie erreicht hatte, konnte sie nicht töten, aber sie riss sie beide voneinander fort und führte sie weit weg.

Als das Wasser sich verlaufen hatte und beide wieder den trockenen Boden berührten, kam ihre menschliche Gestalt zurück. Aber keiner wusste, wo der andere geblieben war; sie befanden sich unter fremden Menschen, die ihre Heimat nicht kannten. Hohe Berge und tiefe Täler lagen zwischen ihnen. Um sich am Leben zu erhalten, mussten beide die Schafe hüten. Sie trieben lange Jahre ihre Herden durch Feld und Wald und waren voll Trauer und Sehnsucht.

Als wieder einmal der Frühling aus der Erde hervorgebrochen war, zogen beide an einem Tag mit ihren Herden aus, und der Zufall wollte es, dass sie einander entgegenzogen. Sie kamen in einem Tal zusammen, aber sie erkannten sich nicht, doch freuten sie sich, dass sie nicht mehr so einsam waren. Von nun an trieben sie ihre Herden nebeneinander: Sie sprachen nicht viel, aber sie fühlten sich getröstet.

Eines Abends, als der Vollmond am Himmel schien und die Schafe schon ruhten, holte der Schäfer die Flöte aus seiner Tasche und blies ein schönes, trauriges Lied. Als er fertig war, bemerkte er, dass die Schäferin weinte. „Warum weinst du?“ fragte er. „Ach“, antwortete sie, „so schien auch der Vollmond, als ich zum letzten Mal dieses Lied auf der Flöte blies und mein Liebster aus dem Wasser hervorkam.“ Er sah sie an, und es war ihm, als fiele eine Decke von den Augen; er erkannte seine Frau; und als sie ihn anschaute und der Mond auf sein Gesicht schien, erkannte sie ihn auch. Sie umarmten und küssten sich, und ob sie glückselig waren, braucht keiner zu fragen.

(KHM 181)

„Sie hatte einen Traum, ….. da saß eine Alte mit weißen Haaren“

Es heißt „Träume sind Schäume“, Träume seien etwas schnell Vergängliches, Unbedeutendes, nichts Greifbares. Psychologen aber nehmen Träume ernst als Hilfe bei psychischen Leiden. Unbewusstes kann durch Traumarbeit in das Bewusstsein gehoben und nutzbar gemacht werden.

Das Märchen „Die Nixe im Teich“ ist reich an Bildern, die es zu betrachten lohnt. Wir wollen uns beschränken auf das Traumerlebnis der jungen Frau. Der Traum selbst ist der eigentliche Ratgeber, die alte Frau weist den Weg. Das Märchen erzählt, dass sich der Traum im Zustand des Schlafes, des unbewussten Zustands, als Geschehen im Zustand des Tagesbewusstseins für die junge Frau wiederholt. Ihr erscheint im Traum der Weg zu der Alten auf dem Berg mühsam; es ist also nicht leicht, an die „Quellen der alten Weisheit“ zu kommen, aber wenn wir den Weg gegangen sind, kommen wir in eine schöne Gegend. Die Alte im Traum ist so etwas wie unsere eigene tief in den unteren Schichten der Seele verborgene Ratgeberin, das „Wissen aus dem Bauch“, wie es genannt wird. Oft zeigt uns unser Gefühl mit größerer Sicherheit die Lösung eines Problems an, als unser Verstand. Diese traum-alte Weisheit sagt: „Ordne erst einmal deine Gedanken“; das ist das Bild vom Kämmen der Haare, denn Haare sind der Ausfluss unseres Kopfes, wie es das Sprichwort „krause Haare, krause Gedanken“ andeutet. Dann gilt es, mit der Flöte und dem seelenvollen Atem eine „seelische Erkennungsmelodie“ zwischen dem Paar herzustellen. Sie sind sich offenbar in ihrer bisherigen Ehe noch nicht so nahe gekommen, um an einander festhalten zu können und sich „unter fremden Menschen, die ihre Heimat nicht kannten“ wieder zu erkennen. Das dritte Mittel auf dem Erlösungsweg ist das Spinnrad: eine Aufforderung, den Lebensfaden selbst in die Hand zu nehmen, ihn zu formen und haltbar zu machen. Das alles rät die Alte, und damit spricht sie die drei wesentlichen Anteile des Menschen an, die im Zusammenspiel zur Lösung eines Problems wichtig sind: das Geistige, das Seelische und das tatkräftige Handeln.

Märchen sprechen wie Träume zu uns, in bildhafter Symbolsprache, die es zu entschlüsseln gilt, wenn man sie verstehen will. In diesem Märchen macht ein Traum im Traum die Erlösung möglich. Der Psychologe Carl Gustav Jung hat uns darauf hingewiesen, dass „die Alte“ in uns ein Archetyp unseres kollektiven Unbewussten ist. Auch wenn wir selbst noch jung sind gibt es eine uralte Schicht in uns, die uns in Notsituationen raten und helfen kann.

HKS

***

Im Wandel

Was du noch nicht warst
wirst du einmal sein
nichts bleibt dir erspart
im unendlichen Wandel

Sei
was du jetzt bist
ein Mensch

Rose Ausländer

Die Probe

(Von den Philippinen)

Ein König hatte zwei Söhne. Als er alt wurde, wollte er einen der beiden zu seinem Nachfolger bestellen. Er versammelte die Weisen seines Landes und rief seine beiden Söhne herbei. Er gab jedem der beiden fünf Silberstücke und sagte zu ihnen: "Ihr sollt für dieses Geld die Halle in unserem Schloss bis zum Abend füllen. Womit, das ist eure Sache." Die Weisen sagten: "Das ist eine gute Aufgabe."

Der ältere Sohn ging davon und kam an einem Feld vorbei, wo die Arbeiter Zuckerrohr ernteten und in einer Mühle auspressten. Das leere Zuckerrohr lag nutzlos herum. Er dachte bei sich: "Das ist eine gute Gelegenheit, mit diesem nutzlosen Zeug die Halle meines Vaters zu füllen." Mit dem Aufseher der Arbeiter wurde er einig, und sie schafften bis zum späten Nachmittag das ausgepresste Rohr in die Halle. Als sie gefüllt war, ging er zu seinem Vater und sagte: "Ich habe deine Aufgabe erfüllt, auf meinen

Bruder brauchst du nicht mehr zu warten. Mach mich zu deinem Nachfolger." Der Vater antwortete: "Es ist noch nicht Abend. Ich werde warten."

Bald darauf kam auch der jüngere Sohn. Er bat: "Nehmt das ausgepresste Zuckerrohr wieder aus der Halle. Ich habe auch etwas, womit ich sie fülle." Und so geschah es. Mitten in die Halle stellte er eine Kerze und zündete sie an. Ihr Schein erhellte den großen Raum bis in den letzten Winkel hinein. Der Vater sprach: "Du wirst König sein! Dein Bruder hat fünf Silberstücke ausgegeben, um die Halle mit leerem Zuckerrohrstroh zu füllen. Du hast nicht einmal ein Silberstück gebraucht und hast sie mit Licht erfüllt. Du hast das gebracht, was die Menschen brauchen."

(Erzählfassung von Linde Knoch nach mündlicher Überlieferung)

„Du hast das gebracht, was die Menschen brauchen“

Die Erprobung der Königswürde ist weltweit ein uraltes Motiv in Märchen und Geschichten; auch in der Bibel wird es erwähnt.

Manches Mal wählen wir bei zu erfüllenden Aufgaben die bequemere von zwei Lösungen. Wir merken dann zu spät, dass wir unser Lebenshaus mit „leerem Stroh“ gefüllt haben. Das Haus, also uns selbst, mit Licht zu erfüllen zeugt von sinnvollem Leben und kann dadurch auch für andere „erhellend“ sein. Jesus sagt von sich „Ich bin das Licht der Welt“.

Das Wort Licht geht auf die Wurzel „leuk“ zurück, das bedeutet leuchten, strahlen, funkeln, glänzen. Das Licht kann Bild für Erkenntnis sein; wir kennen dafür den Ausdruck „mir geht ein Licht auf“. Wir haben zum Licht eine positive Einstellung. Das wiederkehrende Licht nach langen dunklen Wintertagen tut uns gut. In der dunkelsten Nacht wird Christus, das Licht, geboren. Das kleine Märchen von den Philippinen wird deshalb besonders gern in der Weihnachtszeit erzählt und gehört. Der alte König ist in doppelter Hinsicht weise: Er erkennt, dass es für ein Reich wichtig ist, zur rechten Zeit einen kraftvollen Nachfolger zu bestimmen, und er weiß, dass es nicht auf Quantität sondern auf Qualität ankommt beim Füllen der Königshalle. Nicht leere Hüllen, sondern das Licht der Weisheit erfüllt die Halle, sie ist für das Königtum wichtig.

***

Die Botschaft

Die Botschaft
morgen
übermorgen
überüber

unterwegs
in Gefahr
Fallen von Rosen gestellt
magnetische Gipfel

oder
sie war eine Raupe
und kommt
als Schmetterling an

Rose Ausländer

Frau Holle

(Deutschland)

Eine Witwe hatte zwei Töchter, davon war die eine schön und fleißig, die andere hässlich und faul. Sie hatte aber die hässliche und faule, weil sie ihre rechte Tochter war, viel lieber, und die andere musste alle Arbeit tun und der Aschenputtel im Hause sein. Das arme Mädchen musste sich täglich auf die große Straße bei einem Brunnen setzen und musste soviel spinnen, dass ihr das Blut aus den Fingern sprang. Nun trug es sich zu, dass die Spule einmal ganz blutig war, da bückte sie sich damit in den Brunnen und wollte sie abwaschen; sie sprang ihr aber aus der Hand und fiel hinab. Sie weinte, lief zur Stiefmutter und erzählte ihr das

Unglück. Sie schalt sie aber so heftig und war so unbarmherzig, dass sie sprach: „Hast du die Spule hinunterfallen lassen, so hol sie auch wieder herauf.“ Da ging das Mädchen zu dem Brunnen zurück und wusste nicht, was sie anfangen sollte; und in ihrer Herzensangst sprang sie in den Brunnen hinein, um die Spule zu holen. Sie verlor die Besinnung, und als sie erwachte und wieder zu sich selber kam, war sie auf einer schönen Wiese, wo die Sonne schien und viel tausend Blumen standen. Auf dieser Wiese ging sie fort und kam zu einem Backofen, der war voller Brot; das Brot aber rief: „Ach, zieh mich raus, zieh mich raus, sonst verbrenn ich; ich bin schon längst ausgebacken.“ Da trat sie heran und holte mit dem Brotschieber alles nacheinander heraus. Danach ging sie weiter und kam zu einem Baum, der hing voll Äpfel und rief ihr zu: „Ach, schüttel mich, schüttel mich, wir Äpfel sind alle miteinander reif.“ Da schüttelte sie den Baum, dass die Äpfel fielen, als regneten sie, und schüttelte, bis keiner mehr oben war; und als sie alle zu einem Haufen zusammengelegt hatte, ging sie wieder weiter. Endlich kam sie zu einem kleinen Haus, daraus guckte eine alte Frau, weil sie aber so große Zähne hatte, ward ihr angst, und sie wollte fortlaufen. Die alte Frau aber rief ihr nach: „Was fürchtest du dich, liebes Kind? bleib bei mir, wenn du alle Arbeit im Hause ordentlich tun willst, so soll dir's gut gehen. Du musst nur acht geben, dass du mein Bett gut machst und es fleißig aufschüttelst, dass die Federn fliegen, dann schneit es in der Welt; ich bin die Frau Holle.“ Weil die Alte ihr so gut zusprach, fasste sich das Mädchen ein Herz, willigte ein und begab sich in ihren Dienst. Sie besorgte auch alles nach ihrer Zufriedenheit und schüttelte ihr das Bett immer gewaltig auf, dass die Federn wie Schneeflocken umher flogen; dafür hatte sie ein gut Leben bei ihr, kein böses Wort und alle Tage Gesottenes und Gebratenes. Nun war sie eine Zeitlang bei der Frau Holle, da ward sie traurig und wusste anfangs selbst nicht, was ihr fehlte, endlich merkte sie, dass es Heimweh war; wenn es ihr hier gleich viel tausendmal besser ging als zu Haus, so hatte sie doch ein Verlangen dahin. Endlich sagte sie: „Ich habe den Jammer nach Haus kriegt, und wenn es mir noch so gut hier unten geht, so kann ich doch nicht länger bleiben, ich muss wieder hinauf zu den Meinigen." Die Frau Holle sagte: „Es gefällt mir, dass du wieder nach Haus verlangst, und weil du mir so treu gedient hast, so will ich dich selbst wieder hinaufbringen." Sie nahm sie darauf bei der Hand und führte sie vor ein großes Tor. Das Tor ward aufgetan, und als das Mädchen gerade darunter stand, fiel ein gewaltiger Goldregen, und alles Gold blieb an ihr hängen, so dass sie über und über davon bedeckt war. „Das sollst du haben, weil du so fleißig gewesen bist" sprach die Frau Holle und gab ihr auch die Spule wieder, die ihr in den Brunnen gefallen war. Darauf ward das Tor verschlossen, und das Mädchen befand sich oben auf der Welt, nicht weit von der Mutter Haus; und als sie in den Hof kam, saß der Hahn auf dem Brunnen und rief:

„Kikeriki,
unsere goldene Jungfrau ist wieder hie."

Da ging sie hinein zur Mutter, und weil sie so mit Gold bedeckt ankam, ward sie von ihr und der Schwester gut aufgenommen.

Das Mädchen erzählte alles, was ihr begegnet war, und als die Mutter hörte, wie sie zu dem großen Reichtum gekommen war, wollte sie der hässlichen und faulen Tochter gerne dasselbe Glück verschaffen. Sie musste sich an den Brunnen setzen und spinnen; und damit ihre Spule blutig ward, stach sie sich in die Finger und stieß die Hand in die Dornhecke. Dann warf sie die Spule in den Brunnen und sprang selber hinein. Sie kam, wie die andere, auf die schöne Wiese und ging auf demselben Pfade weiter. Als sie zu dem Backofen gelangte, schrie das Brot wieder: „Ach, zieh mich raus, zieh mich raus, sonst verbrenn ich; ich bin schon längst ausgebacken." Die Faule aber antwortete: „Da hätt ich Lust, mich schmutzig zu machen", und ging fort. Bald kam sie zu dem Apfelbaum, der rief: „Ach, schüttel mich, schüttel mich, wir Äpfel sind alle miteinander reif." Sie antwortete aber: „Du kommst mir recht, es könnte mir einer auf den Kopf fallen" und ging damit weiter. Als sie vor Frau Holles Haus kam, fürchtete sie sich nicht, weil sie von ihren großen Zähnen schon gehört hatte, und verdingte sich gleich bei ihr. Am ersten Tag tat sie sich Gewalt an, war fleißig und folgte der Frau Holle, wenn sie ihr etwas sagte, denn sie dachte an das viele Gold, das sie ihr schenken würde; am zweiten Tag aber fing sie schon an zu faulenzen, am dritten noch mehr, da wollte sie morgens gar nicht aufstehen. Sie machte auch der Frau Holle das Bett nicht, wie sich's gebührte, und schüttelte es nicht, dass die Federn aufflogen. Das ward die Frau Holle bald müde und sagte ihr den Dienst auf. Die Faule war das wohl zufrieden und meinte nun würde der Goldregen kommen; die Frau Holle führte sie auch zu dem Tor, als sie aber darunter stand, ward statt des Goldes ein großer Kessel voll Pech ausgeschüttet. „Das ist zur Belohnung deiner Dienste" sagte die Frau Holle und schloss das Tor zu. Da kam die Faule heim, aber sie war ganz mit Pech bedeckt, und der Hahn auf dem Brunnen, als er sie sah, rief:

„Kikeriki,
unsere schmutzige Jungfrau ist wieder hie."

Das Pech aber blieb fest an ihr hängen und wollte, solange sie lebte, nicht abgehen.

(KHM 24)

„Das ist zur Belohnung deiner Dienste"

Diese Worte könnte die Frau Holle zu beiden Mädchen gleichermaßen sagen, sie sind stimmig für die Faule und für die Fleißige.

Von der Bedeutung der Frau Holle wurde weiter vorne schon gesprochen. In dem uns vertrauten Märchen von der „Pechmarie und der Goldmarie", wie es auch genannt wird, erscheint die alte Hel wirklich in der unteren Welt. Dass es dort genauso aussieht wie auf der Erde, das verwundert kaum ein Kind. Frau Holle wird verstanden als eine ambivalente Gestalt, die Leben schenkt und nimmt, die Pech und Gold zuteilt, die in der Unterwelt wohnt und zugleich Schnee vom Himmel fallen lässt. Zu ihr passt, dass die menschliche Seele in den beiden Töchtern als dunkle und helle Seite des Menschen dargestellt wird, wie Verkörperungen unserer gegensätzlichen Seelenanteile. Die Fleißige weiß sich in auswegloser Situation nicht zu helfen, sie ist gradlinig, sie will den Sprung in den Brunnen nicht, aber sie kann nicht anders. Die Faule weiß sich zu helfen, sie ist trickreich und gibt nur vor, sich verletzt zu haben; sie will in den Brunnen springen, sie will Gold erlangen. Diese eigensinnige Haltung wird ihr zum Verhängnis. Für das verzweifelte Mädchen gibt es eine Wendung: alles schien zu Ende, aber eine neue Welt tut sich auf. Sie handelt wie zuvor, ist achtsam und tätig und kommt in Kontakt mit dem jenseitigen Brot und den jenseitigen Früchten, die offenbar beide in Frau Holles Bereich gehören.

Wenn wir die Holle als personifizierte Schicksalsfrau ansehen, klärt sich ihre Rolle für die beiden Schwestern oder für die dunkle und die helle Seite unserer Menschenseele: Frau Holle selbst handelt nicht, sie bietet Möglichkeiten zum Handeln. Wir können ergreifen und ordnen, was uns begegnet, dann gestalten wir uns ein goldenes Schicksal. Wir können daran vorübergehen, dann werden wir Pech haben. Frau Holle durchschaut die Mädchen, wie eine Großmutter ihre Enkelkinder erkennt. Eine Großmutter muss nicht eingreifen, sie kann ruhig zusehen und zulassen, wie ihre Enkel mit ihrem eigenen Schicksal umgehen: bisweilen faul und träge und ohne fördernde Impulse für die Entwicklung; bisweilen tatkräftig dem Leben gehorchend und strahlend vor Glück, golden. Keiner von uns ist nur „die Faule“ oder nur „die Fleißige“. In beiden erkennen wir die Schatten- und die Lichtseite unserer Seele, hinter der die Leben fordernde und Leben fördernde Schicksalsfrau Holle zu erkennen ist.

***

Anders II

Es ist alles
anders geworden

oder sind wir es
die anders wurden

oder ist alles Andere
anders
als wir es sehen

Rose Ausländer

Die Gänsemagd

(Deutschland)

Es lebte einmal eine alte Königin, der war ihr Gemahl schon lange Jahre gestorben, und sie hatte eine schöne Tochter. Wie die erwuchs, wurde sie weit über Feld an einen schönen Königssohn versprochen. Als nun die Zeit kam, wo sie vermählt werden sollten und das Kind in das fremde Reich abreisen musste, packte ihr die Alte gar viel köstliches Gerät und Geschmeide ein, Gold und Silber, Becher und Kleinode, kurz alles, was nur zu einem königlichen Brautschatz gehörte, denn sie hatte ihr Kind von Herzen lieb. Auch gab sie ihr eine Kammerjungfer bei, welche mitreiten und die Braut in die Hände des Bräutigams überliefern sollte, und jede bekam ein Pferd zur Reise, aber das Pferd der Königstochter hieß Falada und konnte sprechen. Wie nun die Abschiedsstunde da war, begab sich die alte Mutter in ihre Schlafkammer, nahm ein Messerlein und schnitt damit in ihre Finger, dass sie bluteten: darauf hielt sie ein weißes Läppchen unter und ließ drei Tropfen

Blut hineinfallen, gab sie der Tochter und sprach: „Liebes Kind, verwahre sie wohl, sie werden dir unterwegs not tun".

Also nahmen sie beide voneinander betrübten Abschied: das Läppchen steckte die Königstochter in ihren Busen vor sich, setzte sich aufs Pferd und zog nun fort zu ihrem Bräutigam. Da sie eine Stunde geritten waren, empfand sie heißen Durst und sprach zu ihrer Kammerjungfer: „Steig ab und schöpfe mir mit meinem Becher, den du für mich mitgenommen hast, Wasser aus dem Bache, ich möchte gern einmal trinken". – „Wenn Ihr Durst habt" sprach die Kammerjungfer, „so steigt selber ab, legt Euch ans Wasser und trinkt, ich mag Eure Magd nicht sein". Da stieg die Königstochter vor großem Durst herunter, neigte sich über das Wasser im Bach und trank und durfte nicht aus dem goldnen Becher trinken. Da sprach sie: „Ach Gott!", da antworteten die drei Blutstropfen: „Wenn das deine Mutter wüsste, das Herz im Leibe tät ihr zerspringen". Aber die Königsbraut war demütig, sagte nichts und stieg wieder zu Pferd. So ritten sie etliche Meilen weiter fort, aber der Tag war warm, die Sonne stach, und sie durstete bald von neuem. Da sie nun an einem Wasserfluss kamen, rief sie noch einmal ihrer Kammerjungfer: „Steig ab und gib mir aus meinem Goldbecher zu trinken", denn sie hatte aller bösen Worte längst vergessen. Die Kammerjungfer sprach aber noch hochmütiger: „Wollt Ihr trinken, so trinkt allein, ich mag Eure Magd nicht sein". Da stieg die Königstochter hernieder vor großem Durst, legte sich über das fließende Wasser, weinte und sprach: „Ach Gott!", und die drei Blutstropfen antworteten wiederum: „Wenn das deine Mutter wüsste, das Herz im Leibe tät ihr zerspringen". Und wie sie so trank und sich recht überlehnte, fiel ihr das Läppchen, worin die drei Blutstropfen waren, aus dem Busen und floss mit dem Wasser fort, ohne dass sie es in ihrer großen Angst merkte. Die Kammerjungfer hatte aber gesehen und freute sich, dass sie Gewalt über die Braut bekäme: denn damit, dass diese die Blutstropfen verloren hatte, war sie schwach und machtlos geworden. Als sie nun wieder auf ihr Pferd steigen wollte, das da hieß Falada, sagte die Kammerfrau: „Auf Falada gehör ich, und auf meinen Gaul gehörst du"; und das musste sie sich gefallen lassen. Dann befahl ihr die Kammerfrau mit harten Worten, die königlichen Kleider auszuziehen und ihre schlechten anzulegen, und endlich musste sie sich unter freiem Himmel verschwören, dass sie am königlichen Hof keinem Menschen etwas davon sprechen wollte; und wenn sie diesen Eid nicht abgelegt hätte, wäre sie auf der Stelle umgebracht worden. Aber Falada sah das alles an und nahm's wohl in acht.

Die Kammerfrau stieg nun auf Falada und die wahre Braut auf das schlechte Ross, und so zogen sie weiter, bis sie endlich in dem königlichen Schloss eintrafen. Da war große Freude über ihre Ankunft, und der Königssohn sprang ihnen entgegen, hob die Kammerfrau vom Pferde und meinte, sie wäre seine Gemahlin: sie ward die Treppe hinaufgeführt, die wahre Königstochter aber musste unten stehen bleiben. Da schaute der alte König am Fenster und sah sie im Hof halten und sah, wie sie fein war, zart und gar schön: ging alsbald hin ins königliche Gemach und fragte die Braut nach der, die sie bei sich hätte und da unten im Hof stände, und wer sie wäre? „Die hab ich mir unterwegs mitgenommen zur Gesellschaft; gebt der Magd was zu arbeiten, dass sie nicht müßig steht". Aber der alte König hatte keine Arbeit für sie und wusste nichts, als dass er sagte: „Da hab ich so einen kleinen Jungen, der hütet die Gänse, dem mag sie helfen". Der Junge hieß Kürdchen (Konrädchen), dem musste die wahre Braut helfen, Gänse hüten.

Bald aber sprach die falsche Braut zu dem jungen König: „Liebster Gemahl, ich bitte Euch, tut mir einen Gefallen". Er antwortete: „Das will ich gerne tun". – „Nun, so lasst den Schinder rufen und da dem Pferde, worauf ich her geritten bin, den Hals abhauen, weil es mich unterwegs geärgert hat". Eigentlich aber fürchtete sie, dass das Pferd sprechen möchte, wie sie mit der Königstochter umgegangen war. Nun war das so weit geraten, dass es geschehen und der treue Falada sterben sollte; da kam es auch der rechten Königstochter zu Ohr, und sie versprach dem Schinder heimlich ein Stück Geld, das sie ihm bezahlen wollte, wenn er ihr einen kleinen Dienst erwiese. In der Stadt war ein großes finsteres Tor, wo sie abends und morgens mit den Gänsen durch musste; unter das finstere Tor möchte er dem Falada seinen Kopf hinnageln, dass sie ihn doch noch mehr als einmal sehen könnte. Also versprach das der Schinderknecht zu tun, hieb den Kopf ab und nagelte ihn unter das finstere Tor fest. – Des Morgens früh, da sie und Kürdchen unterm Tor hinaustrieben, sprach sie im Vorbeigehen:

„O Falada, da du hangest“,

da antwortete der Kopf:

„O du Jungfer Königin, da du gangest,
wenn das deine Mutter wüsste,
Ihr Herz tät ihr zerspringen“.

Da zog sie still weiter zur Stadt hinaus, und sie trieben die Gänse aufs Feld. Und wenn sie auf der Wiese angekommen war, saß sie nieder und machte ihre Haare auf, die waren eitel Gold, und Kürdchen sah sie und freute sich, wie sie glänzten, und wollte ihr ein paar ausraufen. Da sprach sie:

„Weh, weh, Windchen,
nimm Kürdchen sein Hütchen,
und lass'n sich mit jagen,
bis ich mich geflochten und geschnatzt
und wieder aufgesatzt“.

Und da kam ein so starker Wind, dass er dem Kürdchen sein Hütchen weg wehte über alle Land, und es musste ihm nachlaufen. Bis es wiederkam, war sie mit dem Kämmen und Aufsetzen fertig, und er konnte keine Haare kriegen. Da war Kürdchen bös und sprach nicht mit ihr; und so hüteten sie die Gänse, bis dass es Abend ward, dann gingen sie nach Haus. – Den andern Morgen, wie sie unter dem finstern Tor hinaustrieben, sprach die Jungfrau:

„O Falada, da du hangest“,

Falada antwortet:

„O du Jungfer Königin, da du gangest,
wenn das deine Mutter wüsste,
das Herz tät ihr zerspringen“.

Und in dem Feld setzte sie sich wieder auf die Wiese und fing an, ihr Haar auszukämmen, und Kürdchen lief und wollte danach greifen, da sprach sie schnell:

„Weh, weh, Windchen,
nimm Kürdchen sein Hütchen,
und lass’n sich mit jagen,
bis ich mich geflochten und geschnatzt
und wieder aufgesatzt“.

Da wehte der Wind und wehte ihm das Hütchen vom Kopf weit weg, dass Kürdchen nachlaufen musste; und als es wiederkam, hatte sie längst ihr Haar zurecht, und es konnte keins davon erwischen; und so hüteten sie die Gänse, bis es Abend ward.

Abends aber, nachdem sie heimgekommen waren, ging Kürdchen vor den alten König und sagte: „Mit dem Mädchen will ich nicht länger Gänse hüten“. – „Warum denn?“ fragte der alte König. „Ei, das ärgert mich den ganzen Tag“. Da befahl ihm der alte König zu erzählen, wie’s ihm denn mit ihr ginge. Da sagte Kürdchen: „Morgens, wenn wir unter dem finstern Tor mit der Herde durchkommen, so ist da ein Gaulskopf an der Wand, zu dem redet sie:

Falada, da du hangest,

da antwortet der Kopf:

O du Königsjungfer, da du gangest,
wenn das deine Mutter wüsste,
das Herz tät ihr zerspringen“.

Und so erzählte Kürdchen weiter, was auf der Gänsewiese geschähe, und wie es da dem Hut im Winde nachlaufen müsste.

Der alte König befahl ihm, den nächsten Tag wieder hinauszutreiben, und er selbst, wie es Morgen war, setzte sich hinter das finstere Tor und hörte da, wie sie mit dem Haupt des Falada sprach: und dann ging er ihr auch nach in das Feld und barg sich in einem Busch in der Wiese. Da sah er nun bald mit seinen eigenen Augen, wie die Gänsemagd und der Gänsejunge die Herde getrieben brachte, und wie nach einer Weile sie sich setzte und ihre Haare losflocht, die strahlten von Glanz. Gleich sprach sie wieder:

„Weh, weh, Windchen,
nimm Kürdchen sein Hütchen,
und lass’n sich mit jagen,

bis ich mich geflochten und geschnatzt
und wieder aufgesatzt".

Da kam ein Windstoß und fuhr mit Kürdchens Hütchen weg. Dass es weit zu laufen hatte, und die Magd kämmt und flocht ihre Locken still fort, welches der alte König alles beobachtete. Darauf ging er unbemerkt zurück, und als abends die Gänsemagd heimkam, rief er sie beiseite und fragte, warum sie dem allem so täte? „Das darf ich Euch nicht sagen und darf auch keinem Menschen mein Leid klagen, denn so hab' ich mich unter freiem Himmel verschworen, weil ich sonst um mein Leben gekommen wäre". Er drang in sie und ließ ihr keinen Frieden, aber er konnte nichts aus ihr herausbringen. Da sprach er: „Wenn du mir nichts sagen willst, so klag dem Eisenofen da dein Leid" und ging fort. Da kroch sie in den Eisenofen, fing an zu jammern und zu weinen, schüttete ihr Herz aus und sprach: „Da sitz ich nun von aller Welt verlassen und ich bin doch eine Königstochter, und eine falsche Kammerjungfer hat mich mit Gewalt dahin gebracht, dass ich meine königlichen Kleider habe ablegen müssen, und hat meinen Platz bei meinem Bräutigam eingenommen, und ich muss als Gänsemagd gemeine Dienste tun. Wenn das meine Mutter wüsste, das Herz im Leibe tät ihr zerspringen". Der alte König stand aber außen an der Ofentüre, lauerte ihr zu und hörte, was sie sprach.

Da kam er wieder herein und hieß sie aus dem Ofen gehen. Da wurden ihr königliche Kleider angetan, und es schien ein Wunder, wie sie so schön war. Der alte König rief seinen Sohn und offenbarte ihm, dass er die falsche Braut hätte: die wäre ein Kammermädchen, die wahre aber stände hier als die gewesene Gänsemagd. Der junge König war herzensfroh, als er ihre Schönheit und Tugend erblickte, und ein großes Mahl wurde angestellt, zu dem alle Leute und guten Freunde gebeten wurden. Obenan saß der Bräutigam, die Königstochter zur einen Seite und die Kammerjungfer zur andern, aber die Kammerjungfer war verblendet und erkannte jene nicht mehr in dem glänzenden Schmuck. Als sie nun gegessen und getrunken hatten und guten Mutes waren, gab der alte König der Kammerfrau ein Rätsel auf, was eine solche wert wäre, die den Herrn so und so betrogen hätte, erzählte damit den ganzen Verlauf und fragte: „Welches Urteils ist diese würdig?“ Da sprach die falsche Braut: „Die ist nichts Besseres wert, als dass sie splitternackt ausgezogen und in ein Fass gesteckt wird, das inwendig mit spitzen Nägeln beschlagen ist: und zwei weiße Pferde müssen vorgespannt werden, die sie Gasse auf Gasse ab zu Tode schleifen“. – „Das bist du“ sprach der alte König, „ und hast dein eigen Urteil gefunden, und danach soll dir widerfahren“. Und als das Urteil vollzogen war, vermählte sich der junge König mit seiner rechten Gemahlin, und beide beherrschten ihr Reich in Frieden und Seligkeit.

(KHM 89)

„Wenn du mir nichts sagen willst, so klag dem Eisenofen da dein Leid“

In diesem Märchen ist der alte Ratgeber männlich, das bringt das Gleichgewicht zur Anfangssituation: Die Königin ist schon lange verwitwet; der Tochter hat eine väterliche Instanz offenbar in ihrer Erziehung gefehlt. Die Mutter liebt ihre Tochter, kann ihr aber nur gefühlsmäßig eine starke Mutter sein: die drei Blutstropfen auf dem Läppchen sind Ausdruck für ihre seelische Verbundenheit. Die geistige Ausrichtung des männlichen Elements dagegen fehlt. Als das Läppchen mit den Blutstropfen verloren geht, ist auch die Verbindung zur Mutter gestört, der Segen kann nicht mehr wirken. Das allzu behütete Mädchen wird gezwungen, eine Phase des Dienens zu durchleben. Die Kammerfrau erweist sich als unser knechtischer Seelenanteil, der stark wird, wenn die königliche Seele geschwächt ist; so gewinnt das Dunkle Macht über das Helle.

Der alte König erkennt gleich das Königliche an dem Mädchen, das im Hof steht, „wie sie fein war, zart und gar schön“. Schönheit bedeutet im Märchen immer mehr als eine schöne äußere Erscheinung: dahinter verbirgt sich die „schöne“ Seele, die Anspruch auf die Königswürde hat. Dem jungen Königssohn fehlt es noch an Erfahrung, an dem Vermögen, die äußere Hülle zu durchschauen. Wie gut, dass der alte König wachsam und aufmerksam bleibt, Kürdchen geduldig anhört, ihm Glauben schenkt und das Erzählte selbst prüft. Und dann erweist er sich als großer Seelenkenner: Da die Königstochter sich an ihr Schweigeversprechen gebunden fühlt, ermutigt er sie, ihr Leid dem Ofen anzuvertrauen. Was heißt das? Wir alle sind einmal im Mutterleib „ausgebacken“ worden. In ländlichen Gebieten kennt man für geboren werden heute noch den Ausdruck „das Kind aus dem Ofen ziehen“. Der Ofen ist ein weibliches, ein mütterliches Symbol. Das offenbar unreife Mädchen kehrt mit seinem Kummer zum mütterlichen Ursprung zurück, das bringt Erlösung und Heilung.

Die falsche Braut überführt der alte König nicht durch eine Verurteilung und von ihm verhängte Strafe, sondern durch ihre eigene Bloßstellung; sie selbst spricht sich ihr Urteil. Durch eine knechtische Tat kann unsere Seele sich nur eingesperrt und wie mit Nägeln gepiekst fühlen. Es ist für Kinder völlig in Ordnung, dass die böse Tat grausam gerächt wird. Das Böse in uns stirbt, dann kann das Gute leben.

Manchen Menschen erscheint auch der Tod des Pferdes Falada als grausam. Wenn wir dieses Pferd als Bild anschauen, kann uns der Sinn verständlich werden. Pferde arbeiten für den Menschen oder tragen ihn. Pferde haben einen ausgesprochen wachsamen Instinkt; sie sind fähig, ohne Reiter über eine weite Entfernung in den heimatlichen Stall zurück zu finden. Das Märchen benutzt dies als Bild für die Tragfähigkeit und Instinktkraft, die im Menschen nicht ausgebildet ist. Solange die Königstochter noch von dem sprechenden, also auch verstehenden Pferd getragen wird, ist sie von den Tierkräften getragene Königstochter. In schlechte Kleider gehüllt (die ursprüngliche Bedeutung von schlecht ist schlicht) und ohne ihr Pferd, wird sie Magd. Die Kammerfrau lässt Falada töten; es wird mit ihrer Angst begründet, das Pferd könne zu sprechen beginnen. Damit offenbart sie ihre Bosheit: sie weiß zuinnerst trotz ihrer mutwilligen Aneignung des Königinnentitels um ihre fehlende Würde; also gehört diese Tragekraft nicht zu ihr. Später bringt die falsche Braut selbst noch ein Pferd ins Spiel: sie hat das gute Tier töten lassen, jetzt bringt ihr das Pferd den Tod.

Der alte König erscheint nur kurz in der Handlung des Märchens, aber ohne ihn und seine Weisheit hätte sich nichts entwickelt und gelöst.

***

Auferstehung

Manchmal stehen wir auf
Stehen wir zur Auferstehung auf
Mitten am Tage
Mit unserem lebendigen Haar
Mit unserer atmenden Haut.

Nur das Gewohnte ist um uns.
Keine Fata Morgana von Palmen
Mit weidenden Löwen
Und sanften Wolfen.

Die Weckuhren hören nicht auf zu ticken
Ihre Leuchtzeiger löschen nicht aus.

Und dennoch leicht
Und dennoch unverwundbar
Geordnet in geheimnisvolle Ordnung
Vorweggenommen in ein Haus von Licht.

Marie Luise von Kaschnitz
1901-1974

Das Heilwasser

(Ukraine)

Eine alte Pilgerin, die von den Gaben guter Menschen lebte, kam in ein Dorf. Mitten im Dorf sah sie eine junge Frau vor einem Haus sitzen, die weinte bitterlich und wischte sich mit der Schürze die Augen.
„Warum weinst du?“ fragte die Alte, „was für ein Unglück hat dich getroffen?“

„Ach, liebe Großmutter, seit ich geheiratet habe, habe ich keine ruhige Stunde mehr. Jeden Tag schimpft mein Mann, er schilt mit mir, er droht sogar, mich zu schlagen."

„Nun, und du antwortest ihm?"

„Aber ja! Sagt er ein Wort, geb ich zehn zurück, sagt er zehn, so geb ich zwanzig zurück! Aber glaub mir, Großmutter, das hilft nichts. Er tobt nur noch wilder, und keiner steht mir bei, mir schutzlosem Weib!"

„Vielleicht kann ich dir helfen" sagte die Pilgerin.

„O Großmutter, hilf und rate mir! Die Sonne soll dir scheinen, kein Regen dich nässen, jedermann dich reich beschenken – Speck gebe ich dir und Brot und weißes Linnen für ein Hemd".

Die Alte kramte in ihrem Schultersack und zog ein Fläschchen hervor.

„Hier hast du einen Trank, meine Tochter. Er ist auf sieben Kräutern angesetzt, gesammelt sind die Kräuter hinter sieben Bergen, hinter sieben Flüssen, auf der dunklen Wiese am hellen Stein, am ersten Sonnabend nach dem letzten Freitag. Merke dir, meine Tochter, du musst genau befolgen, was ich dir sage, sonst erlischt die Zauberkraft. Trage das Fläschchen immer bei dir, und wenn der Zank zwischen euch losgeht, dann dreh dich leise um und nimm ein Schlückchen von dem Trank. Aber nicht herunter schlucken! Und nicht ausspucken! So lange im Munde bewahren bis der böse Geist, der schwarze Zorn von deinem Mann gewichen ist. Deine Not vergeht und verweht, als wär sie nie gewesen. Was ich sage, wird geschehen".

Die junge Frau nahm den Zaubertrank, und die Pilgerin zog ihrer Wege. Sie wanderte durch die Lande, sah so manches auf Erden und hörte viel von den Menschen. Nach geraumer Zeit kam sie wieder in jenes Dorf. Mitten im Dorf sah sie die junge Frau vor dem Haus sitzen, sie trällerte ein Lied und hülste junge Schoten aus in ihre Schürze. Als sie die Alte erblickte, klatschte sie vor Freude in die Hände.

„O Großmutter, vielen Dank für den Trank!" rief sie.

„Dann hat er wohl geholfen?" fragte die Alte. „Ich sag euch, wie weggeblasen ist alles Leid. Kommt mein Mann heim und wir wollen zanken, so nehme ich ein Schlückchen, halte es fest, dass ja kein Tropfen verloren geht. Und denkt Euch, mein lieber Mann ist gleich wie ausgewechselt. Er setzt sich friedlich an den Tisch, spricht freundlich zu mir, und schon ist es heller in der Stube. Ich schlucke den Trank hinunter und antworte ihm freundlich. Eitel Freude und Sonnenschein! Und was ich Euch versprach, habe ich nicht vergessen".

Die junge Frau schüttete die Erbsen aus der Schürze in eine Schüssel, lief ins Haus und brachte der Alten einen Laib Weißbrot, ein Stück guten Speck und feines Linnen für ein Hemd. Die Pilgerin nahm alles, verneigte sich zum Abschied und machte sich auf den Weg.

Die junge Frau eilte ihr nach.

„Halt Großmutter, wartet! Mein Trank geht zu Ende. Wie soll ich ohne ihn weiterleben?"

Die Alte lächelte.

„Sei unbesorgt, meine Tochter, das ist nicht so schlimm. Fülle sauberes Wasser aus dem Brunnen in die Flasche, das hilft von nun an, meine Tochter".

(Märchen aus der Ukraine. In: Luchsfellchen. Märchen slawischer Völker. Kinderbuch Verlag. Berlin 1982)

„Sei unbesorgt, meine Tochter…"

Hier lassen sich vor allem *alte Frau* und *junge Frau* in ihrer Gegensätzlichkeit anschauen: Die Alte sieht und hört viel von der Welt, hat ein gesundes Urteilsvermögen und kann im entscheidenden Augenblick handeln, ohne zu reden. Die Junge sieht noch eher den Balken im Auge des anderen als den Splitter im eigenen Auge, handelt und redet unüberlegt, durchschaut wenig oder nichts. Beide sind Bilder für unsere menschliche Unzulänglichkeit einerseits und unsere Weisheit andererseits.

Wer diese Geschichte mit Menschenkenntnis und Menschenliebe erzählt, wird bei Jungen und Alten ein befreiendes Schmunzeln oder Lachen hervorlocken. Die Erfahrung zeigt, dass die Dummheit der jungen Frau im Vordergrund des Verständnisses steht. Wir haben offenbar eine kleine Freude daran, Unzulänglichkeiten bei anderen Menschen zu belächeln und sie auch als die eigenen Fehler zu erkennen. Die Alte wird Pilgerin genannt, das heißt sie hat keine feste Bleibe, sie ist unabhängig von äußeren Gegebenheiten, offenbar auf dem Weg zu geistigen Zielen. Sie belehrt nicht moralisierend, denn sie weiß, das würde nichts nutzen. Ob der jungen Frau die Augen aufgehen, nachdem sie den Rat mit dem sauberen Brunnenwasser bekommen hat, das wird nicht erzählt. Es bleibt uns überlassen, es ihr zuzutrauen, gleichsam als eine kleine Auferstehung und Wandlung zu einem zur Einsicht fähig gewordenen Menschen.

***

IV Uralt und ergeben

in Beziehung zum Transzendenten sein

Alter

Das aber ist des Alters Schöne,
Dass es die Saiten reiner stimmt,
Dass es der Lust die grellen Töne,
Dem Schmerz den herbsten Stachel nimmt.

Ermessen lässt sich und verstehen
Die eigne mit der fremden Schuld,
Und wie auch rings die Dinge gehen,
Du lernst dich fassen in Geduld.

Die Ruhe kommt erfüllten Strebens,
Es schwindet des verfehlten Pein –
Und also wird der Rest des Lebens
Ein sanftes Rückerinnern sein.

Ferdinand von Saar
1833-1906

Die beiden Alten, die alles wussten

(Italien)

Es kam hier einmal jemand vorbei, der hat mir die Geschichte erzählt. Er war auf der Suche nach seinem Pferd; ich bin mitgegangen und hab ihm suchen geholfen, und da hat er angefangen zu reden. Also!

In einer fernen Zeit, da lebte einmal eine arme Familie, die hatte kaum etwas zu beißen, so arm war sie. Aber der älteste Sohn war trotzdem immer vergnügt und hoffnungsvoll. Und eines Tages sagte er zu seinem Vater: „Papa, es ist das beste, ich ziehe in die Welt. So Gott hilft, mach ich mein Glück, und dann komm ich heim, und du und Mama und meine Geschwister, ihr sollt es dann auch gut haben."

Der Vater war einverstanden, und er gab seinem Sohn alles mit, was er noch im Hause an Essbarem fand: das waren drei Brotfladen. „Geh sparsam damit um" sagte er, „der Weg in die Stadt ist viele Tagreisen weit, und niemand wird dir zu essen geben, ehe du nicht wo einen Dienst findest".

Der Bursche zog also los, und er marschierte den ganzen Tag dahin, und als es dunkelte, wollte er sich unter eine Brücke setzen, um dort zu übernachten. Als er unter die Brücke kroch, sah er, dass dort drei alte Männer saßen.

„Komm nur her, Bursche" rief der älteste, „du hast hier auch noch Platz, wenn wir zusammenrücken."

Der Bursche bedankte sich, setzte sich unter die Brücke und wollte einen Brotfladen herausholen, um ihn zu essen, aber da sah er die hungrigen Augen der Alten und fragte: „Habt ihr schon genachtmahlt?" – „Nein, Söhnchen. Wir haben schon lange kein Brot mehr gesehen, wir haben uns nur von Brombeeren genährt." – „Ach, dann ging es euch schlechter als mir. Seht her! Ich habe gerade drei Brote, so dass jeder von euch eines haben kann". – „Vielen Dank, Söhnchen, aber dann bleibt dir ja selber nichts." – „Das macht nichts. Ich habe heute Morgen noch gefrühstückt und habe keinen großen Hunger."

Da ließen sich die Alten nicht zweimal bitten, und jeder aß sein Brot. Dann legten sie sich eng zusammen, um sich gegenseitig zu wärmen, und schliefen ein.

Am nächsten Tag sagte der älteste: „Söhnchen, du hast uns geholfen. Wenn du einmal Hilfe und Rat brauchst, dann komm hierher, und dann werden wir dir ebenso helfen."

Da nahmen sie Abschied, und der Bursche marschierte weiter in die Stadt. Als er dort ankam, hörte er einen Ausrufer, der schrie: „Der König gibt bekannt: Wer drei Aufgaben erfüllt, die er stellen wird, der soll seine Tochter zur Frau erhalten und das Königreich erben."

Der Bursche – es ist an der Zeit, dass wir seinen Namen nennen - also Antine überlegte nicht lange, sondern er ging zum Palast des Königs und meldete sich dort. Als die Offiziere ihn sahen, lachten sie ihn aus und sagten: „Was, du willst die drei Aufgaben erfüllen, wo doch so viele Prinzen und Generäle daran gescheitert sind! Die Prinzen hat man ausgehöhnt und mit Schimpf und Schande heimgejagt, die Generäle hat man zu gemeinen Soldaten gemacht. Aber dich, dich wird man prügeln, dass du nicht mehr stehen noch gehen kannst."

Antine aber ließ sich nicht abbringen. Und so führte man ihn vor den König. Der König war sehr freundlich und sagte: „Warum sollst du es nicht auch probieren? Du kennst die Bedingungen?" – „Ja, Majestät". – „Nun, so hör zu! Früher einmal hausten meine Vorfahren auf jenem Berg, den du dort drüben siehst. Nun aber ist vor vielen Jahren das Schloss dort oben eingestürzt, und so oft man es wieder aufzubauen versucht hat, hat es ein Erdbeben gegeben, und immer wieder ist alles zusammengefallen. Bau du dort das Schloss, und nimm dazu so viele Arbeiter, wie du brauchst. Und wenn das Schloss steht, ohne einzustürzen, dann hast du die erste Aufgabe erfüllt."

Antine ließ es sich zuerst drei Tage gut gehen. Dann sagte er: „Ruft die Arbeiter zusammen, während ich fort bin! Ich werde wiederkommen." Und er packte so viel Brot in einen Sack, wie hineinging, und marschierte zu der Brücke, wo die drei Alten waren.

„Hier habt ihr Brot. Nun aber helft mir! Ich soll dem König ein Schloss auf dem Berg bauen, aber dort gibt es immer ein Erdbeben, und dann stürzt alles ein".

Da überlegten die Alten eine Weile, dann sagten sie: „Ja, Antine. Du musst zu unserem Großvater und unserer Großmutter gehen. Wir werden dich hinführen".

Und sie stiegen mit ihm durch Gesträuch und Wald ins Gebirge hinauf. Vor einer Höhle machten sie halt und sagten: „Antine, hab keine Angst! Geh in diese Höhle hinein, bis du in einen großen Raum kommst. Dort schlafen ein alter Mann und eine alte Frau. Lege dich getrost dort nieder. Das Weitere wird sich finden."

Antine machte sich auf den Weg in die Höhle, und er hätte oft nicht gewusst, ob er rechts oder links gehen solle, wenn sich der Weg gabelte, aber er hörte immer Bienen vor sich hersummen, und diesen Bienen ging er nach. Antine war eine ganze Weile gegangen, als er in einen Raum kam, der von Bienen schwirrte und in dem eine Kerze brannte. Und da sah er, dass dort ein alter Mann und eine alte Frau lagen und schliefen. Er dachte nicht weiter nach, sondern legte sich in die Mitte zwischen beide, und kaum hatte er sich niedergelegt, da fielen ihm die Augen zu. Und da hörte er, wie die Frau sagte: „Mann?" – „Ja." – „Ist da einer gekommen?" – „Ja, es ist einer gekommen, den haben unsere Enkel gebracht." – „Dann wird er wissen wollen, wie er das Schloss des Königs auf jenem Berg aufbauen kann, ohne dass es einstürzt." – „Das ist sehr einfach. In jenem Berg haust ein Drache, und der will nicht, dass man dort eine menschliche Behausung errichtet. Und immer, wenn er mit dem Schwanz schlägt, gibt es ein Erdbeben, und alles stürzt ein." – „Und was kann man dagegen tun?" – „Hier in der Höhle wächst ein Kraut. Man muss davon einen Strauß pflücken. Wenn man dann zu dem Drachen geht, muss man ihn daran riechen lassen, dann schläft er für tausend Jahre ein."

Nach einiger Zeit wurde Antine wieder wach, rieb sich die Augen. Und da sah er, dass dort tatsächlich ein Kraut wuchs. Und davon pflückte er, bis er einen großen Strauß beisammen hatte. Dann verließ er wieder die Höhle.

„Weißt du jetzt, was du machen musst?" fragten ihn die drei Alten, als er wieder vor der Höhle ankam. „Ja, ich weiß es."

„Gibt es auf dem Berg, wo der König das Schloss haben will, einen Schacht?" fragte Antine die Arbeiter. „Es gibt ihn". - „Dann führt mich einmal dorthin!" Oben auf dem Berg war ein

Loch. Und durch dieses Loch ließen die Arbeiter den Antine mit einem Seil hinunter, und er kam in eine Kammer, und dort war ein Drache und schlug mit dem Schwanz. Aber als ihm Antine den Strauß mit dem Kraut hinhielt, roch er daran, und kaum hatte er einen Atemzug getan, schlief er ein und rührte sich nicht mehr.

Als der Drache mit dem Schwanz schlug, hatte es ein kleines Erdbeben gegeben, und die Arbeiter waren davongelaufen. Aber als weiter nichts passierte, kehrten sie zurück, und sie dachten, Antine würde wohl tot sein. Aber sie zogen ihn herauf: und er war lebendig.

Da fingen sie an zu bauen, nach einem Monat war das Schloss fertig. Der König wartete noch einige Zeit, und als das Schloss nicht einstürzte, ließ er den Antine rufen und sagte: „Das hast du gut gemacht. Wenn du auch die zweite Aufgabe erfüllst, wirst du ein Stück weiter sein. Höre: was ist ein Schloss ohne Wasser? Nun gibt es aber auf dem ganzen Berg keine Quelle, und bergaufwärts fließt nun einmal kein Wasser. Sieh zu, dass du Wasser findest, damit ich in jenes Schloss umziehen kann."

Antine ging wieder zu den drei Alten, und er brachte ihnen einen ganzen Maulesel, beladen mit Brot, Speck und Wein mit. Nachdem die Alten gegessen hatten, führten sie ihn wieder zu der Höhle – allein hätte er den Weg nicht gefunden, denn es ging durch den dichten Wald. Und Antine ging wieder in die Höhle hinein, legte sich zwischen die beiden Alten und schlief ein.

„Mann?" – „Ja, Frau." – „Ist der eine wiedergekommen?" – „Ja, unsere Enkel haben ihn wieder hergeführt." – „Dann wird er diesmal wissen wollen, wo man auf jenem Berg, auf dem nun das Schloss wieder steht, Wasser finden kann." – „Ja, so ist es. Er braucht nur hier eine der Kerzen zu nehmen. Ist er auf dem Berg, dann soll er dort die Kerze anzünden, und er soll so lange auf dem Berg herumgehen, bis ein Tropfen Wachs von der Kerze herunterfällt. Und dort, wo der Tropfen Wachs hinfällt, da soll er graben, dann wird er eine Quelle finden."

Als Antine wieder wach wurde, sah er sich um, nahm eine Kerze und verließ die Höhle. Und am nächsten Abend stieg er auf den Berg, wo einsam das Schloss lag, denn es wohnte noch niemand darin. Und dann zündete er die Kerze an und ging umher. Und nach einer Weile rieselte ein Wachstropfen die Kerze hinunter und fiel zur Erde. Da ergriff Antine den Spaten, den er mitgenommen hatte, und fing an zu graben. Und er brauchte nicht sehr lange zu graben, da sprudelte plötzlich eine Quelle hervor. Man musste sie nur noch in einem Becken auffangen.

„Antine" sagte der König, „ du bist tüchtiger als alle Prinzen und Generäle, die bisher versucht haben, die Aufgaben zu lösen. Nun erfülle auch noch die dritte Bedingung, dann soll am Tage darauf die Hochzeit stattfinden." – „Und was ist die dritte Aufgabe?" – „Die ist sehr schwer. Meine Vorfahren haben auf dem Berg eine Kiste mit Gold, Silber und Edelsteinen vergraben. Aber sie haben dort auch eine Kiste mit giftigen Fliegen vergraben. Wenn man die falsche Kiste öffnet, kommen die Fliegen heraus und stechen einen zu Tode."

Antine ging zu den drei Alten, und ernahm auch schöne Kleider mit, damit sie sich neu kleiden könnten. Und die Alten danken ihm für alles und führten ihn wieder zu der Höhle ihrer Großeltern. Antine kannte sich nun schon gut aus. Er ging in die Höhle, legte sich nieder und schläft zwischen den beiden Uralten ein.

„Mann?" – „Ja, Frau, was willst du?" – „Antine ist wieder da." – „Ja, unsere Enkel haben ihn zum dritten Mal hergeführt." – „Dann wird er wissen wollen, in welcher Kiste der Schatz des Königs und in welcher die giftigen Fliegen sind." – „So ist es. Antine braucht nur eine Handvoll von dem Zucker zu nehmen, der hier in diesem Korbe steht. Dann werden ihm einige Bienen folgen. Hat er dann die Schatzkisten ausgegraben, so muss er aufpassen: Die Bienen werden eine Kiste meiden, weil dort die bösen Fliegen sind, und sie werden sich auf die zweite Kiste setzen. Das ist die Schatztruhe. Wenn er dann den Bienen den Zucker hinstreut, werden sie ihn nicht daran hindern, die Schatztruhe aufzumachen."

Als Antine wach geworden war, nahm er eine Handvoll Zucker und ging damit aus der Höhle hinaus, und es folgten ihm einige von den Bienen, die den Zucker rochen. Er nahm Abschied von den drei Alten und ging auf den Berg, wo jetzt der König im Schloss wohnte. Und einige Bienen flogen vor ihm her, als ob sie etwas suchten. Und als er merkte, dass sie an einer bestimmten Stelle immer im Kreise flogen, begann er dort zu graben, und nach einiger Zeit stieß er auf zwei Kisten. Die zog er aus dem Loch heraus. Und die Bienen flogen zuerst um die eine Kiste herum, dann flogen sie zu der zweiten, und dort ließen sie sich nieder. Da beugte sich Antine zu jener Kiste, die von den Bienen gemieden worden war, und es war ihm, als höre er von drinnen ein bedrohliches Brummen. Da stieß er diese Kiste wieder in das Loch hinunter und grub es zu. Dann streute er den Bienen den Zucker hin, und sie ließen zu, dass er die zweite Kiste öffnete. Darin erblickte er lauter Gold und Edelsteine.

„Nun gehört alles dir, Antine“ sagte der König.

Und zur Hochzeit ließ Antine auch die drei Alten kommen, die unter der Brücke hausten. Und er wollte sie im Schloss behalten, sie aber verabschiedeten sich und wurden nie mehr gesehen.

So lautet die Geschichte. Ich habe nichts hinzugefügt und nichts weggelassen.

(Italienische Volksmärchen. Hrsg. von Felix Karlinger. Diederichs. München 1988)
Die Erzählerin ist überzeugt: Er hat auch an seine Familie gedacht! Und deshalb erzähle ich das in einem Satz am Ende mit.

„Du musst zu unserem Großvater und unserer Großmutter gehen.“

In unserer Zeit, da dem Jungsein ein besonderer Wert zugemessen wird, kann dies Märchen für junge und alte Menschen gleichermaßen eine Herausforderung sein. Alte, denen ein junger Mensch von seinem Brot abgibt, können wiederum Wege zu noch älteren Hilfsquellen zeigen.

Der Junge wandert von zu Hause fort, weil dort Mangel herrscht: ein Bild für ein nicht funktionierendes Zusammenleben von Eltern und Kindern. Wenn im Märchen von Armut gesprochen wird, ist damit immer mehr gemeint, als materielle Not. Wenn junge Menschen sich nicht verstanden fühlen, treibt sie diese seelische Not von zu Hause fort; sie wollen sich selbst bewähren. Allerdings versorgt der Vater in unserem Märchen den Sohn mit dem letzten Vorrat an Essen, den es im Hause gibt – ein Ausdruck von Liebe. Und weil der Junge dieses letzte Liebesbrot von seinem Vater zugesprochen und geschenkt bekommt, hat er selbst die Gabe zu teilen und zu schenken mitbekommen. Die Alten unter der Brücke haben hungrige Augen, das nimmt der Bursche wahr. Wie sehr wünschen sich alte Menschen dieses Wahrgenommen-werden in ihrem Dasein, das in seiner Trostlosigkeit oft wie Obdachlosigkeit, wie Unbehaustsein erlebt werden mag. Nach gemeinsamem Beieinanderliegen und Sich-wärmen bricht der Junge auf, mit der Zusicherung, dass ihm in der Not auch geholfen werden soll.

Die Situation am Königshof ist deutlich gekennzeichnet von dem Verhältnis der Gegenwart zur Vergangenheit: Der König weiß darum, dass seine Vorfahren ein Schloss auf einem Berg bewohnten und Schätze besaßen. Schloss ist Bild für Größe und Stärke, für Pracht und Reichtum, für Macht und Herrschaft. Die Mitgefangenen Dietrich Bonhoeffers sagten von ihm, er träte wie ein Schlossherr aus seiner Gefängniszelle. Das entspricht der Bildsprache des Märchens: die Seele eines königlichen Menschen „bewohnt" sozusagen ein Schloss. Das Schloss steht auf einem Berg, das heißt, es ist dort dem Himmel näher als im Tal, es richtet sich aus zum Göttlichen hin. Aber da gibt es seit Generationen eine zerstörende Kraft, die all dies immer wieder vernichtet. Der junge Bursche weiß, er ist auf Hilfe angewiesen, wenn er nicht nur das Schloss neu errichten, sondern auch die zerstörende Kraft besiegen will. Aber er verlässt sich nicht nur auf die Zusage der Alten unter der Brücke, ihm in der Not zu helfen. Er speist sie erneut; heute würden wir sein Verhalten sozial nennen. Früher hätte man gesagt, er ehrt die Alten, und das wird ihm zum Segen. Ihm wird die Hilfe der Vorfahren zuteil. Der Junge kann den Weg durch den Wald, durchs Ungewisse nicht von sich aus finden, er wird von den Alten, die sich selbst Enkel nennen, geführt. Er bekommt Weisung, in eine Höhle zu steigen. Ein Bild für seine eigene Tiefe?, für sein Unbewusstes?, ein Weg zu den „Vätern“? Dabei lässt er sich von Bienen leiten. Das ist ein geheimnisvolles und seltsames Bild. Bienen kennen wir als besonders fleißig, als in der Gemeinschaft gut organisiert. Ihr Produkt, der Honig, ist etwas Reines. Eigentlich fliegen Bienen nicht ins Dunkle, sie sind Lichttiere, ja sie werden sogar mit der Sonne in Verbindung gesehen. Und weil sie im Winter schlafen, gleichsam tot sind, und im Frühjahr wieder erwachen, gelten sie als Symbol für Tod und Auferstehung. Vielleicht ist gerade das ein Schlüssel zum Verständnis dieses Bildes der Bienen in der Höhle: Der Junge legt sich zum Schlafen nieder, und wenn er erwacht, ist das wie der Beginn für etwas Neues. Er hat in seinem unbewussten Traumzustand Hilfe für neues Leben bekommen. Die beiden Alten, die alles wussten, sprechen selber nur im Traumbewusstsein; sie liegen in der Höhle, das heißt in der Erde wie im Grab. Der Junge holt sich von den Vorfahren Kunde aus der Vergangenheit für die Zukunft.

Der Blick des Märchens auf die Welt scheint mir eine für heutige Verhältnisse sehr unmoderne Sichtweise zu sein. Viel gilt das Vernünftige, Erklärbare, Beweisbare, das eigenständige Handeln und Auf-sich-gestellt-sein, das Individuelle. Weniger gilt die Hinwendung zum Traum, zum Unbewussten, zum Alten. Aber gerade dort sind Rat und Hilfe zu gewinnen. Das zu hören ist für alte Menschen eine Anerkennung ihrer Würde und eine Bestätigung ihres Daseins. Junge Menschen kann es aufmerksam machen auf die Weisheitsschätze, die bei Alten und Uralten verborgen sind und wie sie zu gewinnen sind, wenn das Alte genährt, gekleidet und ihm zugehört wird.

Auf ganz andere Art, aber aus derselben Erfahrung heraus erzählt ein norwegisches Märchen die Begegnung von Jung und Alt.

***

Unendlich

Vergiss
Deine Grenzen

Wandre aus

Das Niemandsland
Unendlich
nimmt dich auf

Rose Ausländer

Der siebente Vater im Haus

(Norwegen)

Es war einmal ein Wanderer, der war schon lange unterwegs. Da kam er zu einem schönen großen Gutshof, so herrschaftlich, es hätte auch ein kleines Schloss sein können. „Hier lässt sich wohl gut Rast machen“, dachte er, als er durchs Tor in den umzäunten Hof trat.

Eben da stand ein graubärtiger Alter und hackte Holz.

„Guten Abend, Vater“, sagte der Wanderer, „kann ich heut Nacht in Eurem Hause bleiben?“ „Ich bin nicht der Hausvater hier“ sagte der Graubart, „geh in die Küche und sprich mit meinem Vater.“

Der Wanderer ging in die Küche, und da traf er einen noch älteren Mann, der lag auf den Knien vor dem Herd und blies das Feuer an.

„Guten Abend, Vater“, sagte der Wanderer, „kann ich heut Nacht in Eurem Haus bleiben?“

„Ich bin nicht der Hausvater hier“ sagte der Greis, „geh in die Stube und sprich mit meinem Vater; der sitzt da drinnen am Tisch.“

Da ging der Mann in die Stube und sprach mit dem, der am Tisch saß. Der war noch viel älter als die beiden andern, er saß da und war ganz zittrig und tattrig und seine Zähne klapperten, und er las in einem großen Buch, fast wie ein kleines Kind.

„Guten Abend, Vater, kann ich heut Nacht in Eurem Hause bleiben?“ fragte der Mann.

„Ich bin nicht der Hausvater hier“ sagte der zittrige tattrige Alte mit den klappernden Zähnen, „sprich mit meinem Vater, der sitzt da vorn auf der Bank.“

Da ging der Wanderer zu dem Steinalten auf der Ofenbank; der wollte sich grad eine Pfeife stopfen; er war aber so verhutzelt und seine Hände zitterten so, dass er die Pfeife kaum halten konnte.

„Guten Abend, Vater, kann ich heut Nacht in Eurem Hause bleiben?“

„Ich bin nicht der Hausvater hier“, brummte der Hutzelgreis, „sprich mit meinem Vater, der liegt da drüben im Bett.“

Da ging der Wanderer zu dem Bett; darin lag einer, der war älter als alt und so eingetrocknet, er war kaum größer als ein Kind. Nichts schien an ihm lebendig als nur seine großen starren Augen.

„Guten Abend, Vater, kann ich heut Nacht in Eurem Hause bleiben?“

„Ich bin nicht der Hausvater hier“ hauchte der Alte mit den starren großen Augen, „sprich mit meinem Vater, der liegt da hinten in der Wiege.“

Da ging der Mann zu der Wiege, und darin lag einer, uralt war der und so eingeschrumpft, er war nicht größer als ein Säugling. Und dass er noch am Leben war, konnte man nur an seinen Lippen sehen, die unablässig murmelten.

„Guten Abend, Vater. Kann ich heut Nacht in Eurem Hause bleiben?“

Es dauerte lange, bis der Uralte Antwort gab, noch länger, bis er sie über die Lippen brachte: „Ich bin nicht der Hausvater hier. Sprich mit meinem Vater, der hängt in dem Horn an der Wand.“

Da suchte der Wanderer die Wände ab, bis er zuletzt das Horn entdeckte. Und wie er da hineinschaute, war nichts darin zu sehen als eine Handvoll Asche, die sah aus wie das Gesicht eines ururalten Menschen. Dem Mann war ganz schlecht vor Angst, und er stammelte: „Guten Abend, Vater, kann ich heut Nacht in Eurem Hause bleiben?“

Da zirpte es oben im Horn, als wär’ eine kleine Meise drin, es war kaum zu verstehen, aber es klang wie: “Ja, mein Kind!“

Und im gleichen Augenblick kam ein Tisch in die Stube gefahren, der war mit den besten Speisen gedeckt und mit Met und Bier und Branntwein. Und als der Wanderer geschmaust und getrunken hatte, kam ein Bett hereingerollt, ein gutes Bett mit Rentierfellen. Ja, und da war der Wanderer wirklich froh, dass er am Ende doch noch den rechten Hausvater gefunden hatte.

Es wird aber auch noch erzählt: Bevor der Wanderer sich schlafen legte, habe ihn der Ururalte in dem Horn gefragt, wo er denn her sei. „Von Selgjord“, sagte der Mann. „Lass sehen“, zirpte es da aus dem Horn, „ob die Männer von dort noch so stark sind wie in den alten Zeiten. Gib mir deine Hand.“ Da gab der zittrige tattrige Alte, der am Tisch saß, der mit den klappernden Zähnen, dem Wanderer ein Zeichen, er solle dem Ururalten im Horn nicht die Hand geben, sondern eine von den Eisenstangen, die an der Wand lehnten. Das tat der auch, und der Ururalte presste die Eisenstange so fest, dass Wasser heraustropfte.

„Du hast ja noch Mark in den Fingern“, zirpte es, „aber wenn ich dran denke, wie stark deine Landsleute in den alten Zeiten waren, so ist’s doch nur Schafmilch.“

Am anderen Morgen zog der Wanderer weiter. Und als er sich nach ein paar Schritten noch einmal umdrehte und zurücksah, waren Haus und Hof verschwunden.

(Norwegische Märchen. Reclam. Leipzig 1988)

„Ich bin nicht der Hausvater hier. Sprich mit meinem Vater“.

Das Verweisen auf die ältere Generation fängt schon früh an. Zu Kindern wird gesagt „wenn du einmal groß bist...“; zu Jugendlichen „du bist ja noch grün hinter den Ohren“; Erwachsene, die mitten im Leben stehen, hören „das verstehst du erst, wenn du alt bist“; und eine fast Hundertjährige nennt ihre einundsechzig-jährige Tochter „du Küken“.

Die jeweils Älteren wissen und verstehen mehr als die Jüngeren, das ist ganz natürlich. Während im Leben meist die Alten die Jungen darauf hinweisen, das zu beachten, sind es in unserem Märchen vom „siebenten Vater im Haus“ die Jüngeren, die auf den Älteren als den Verantwortlichen und Zuständigen verweisen. „Geh zu meinem Vater“, bis die Urgestalt in Form von Asche zu dem Wanderer spricht, ihm die Erlaubnis gibt, im Haus zu bleiben, ihn aber auch auf seine Tauglichkeit hin prüfen will. Dahinter steckt sicher nicht nur die weit verbreitete Ansicht „früher war alles besser“, nein, hier wird in Bildern erzählt, welche Kraft der Uralte hat: Er presst Wasser aus einer Eisenstange. Das können wir nur im übertragenen Sinn verstehen als einen Hinweis, dass die Ahnen für unser Leben eine wirklich „starke“ Bedeutung haben. Wer seine Herkunft nicht kennt und die Vergangenheit nicht versteht, lernt sich selbst nicht kennen und kann die Gegenwart nicht verstehen. Diese Sicht auf die Alten und die Vorfahren ist zurzeit nicht besonders populär. Die so genannte Überalterung der Gesellschaft wird uns schließlich auf ganz entschiedene und natürliche Weise Aufmerksamkeit dafür abverlangen.

***

Erde, Erde, unter deinen Schuhn
Erde, drin die Abgestorbnen ruhn.

Jeder Schritt rührt an die alte Nacht.
Kind der Helle, hast du je bedacht,

dass, was nur dein Mund und Herz genießt,
aus dem schwarzen Totenboden sprießt?

Alle Wurzel senkt sich wie ins Grab
in das stumme Väterland hinab.

Aus der Tiefe wächst der Wasserborn,
Apfel, Nelke, Wein und Weizenkorn.

Und in jedem Bissen, jedem Trank
sage du dem dunklen Reiche Dank.

Werner Bergengruen
1892 - 1964

Die Liebenden und die Zauberer

(Island)

Als wieder einmal der Schwarze Tod, die Pest, auf Island wütete, taten sich achtzehn Bauern zusammen, um dem großen Sterben zu entrinnen. Sie setzten nach den Westmännerinseln über und suchten sich so Ansteckung und Krankheit vom Leibe zu halten. In einer Höhle übten sie strenge Klausur. In der Abgeschlossenheit steigerten sie ihre Sinne zu außerordentlicher Schärfe. Sie vermochten mit geistigem Ohr die Geräusche des großen Sterbens in der Heimat wahrzunehmen. Als sie eine Abnahme der

Seuche spürten, sandten sie den jüngsten unter ihnen mit dem Boot hinüber, damit er sähe, wie es stünde. Sie verabredeten aufs Wort mit ihm, bis Weihnachten habe er zurück zu kehren, um ihnen Bericht zu geben. Er war einverstanden. Wenn er sein Wort bräche, würden sie ihm einen Zauber nachschicken, der stark genug sei, ihn zu töten. Das sagten sie ihm. Er fuhr ab.

In Island an Land gestiegen, stieß er auf lauter offen stehende Gehöfte voller Toten. Sie lagen im Bett und waren tot. Sie saßen bei Tisch und waren tot. Sie lehnten mit der Heugabel im Stall und waren tot. Auf Weg und Steg, mit Sack und Pack, mit all ihrer Habe auf sich traf er Tote an. Sie waren umgefallen, wie sie gingen und standen. Schwarzfleckig waren sie an Gesicht und Händen, und die Kälte hatte sie steif gefroren.

Endlich fand er ein verschlossenes Gehöft. Er klopfte an. Ein sehr schönes Mädchen tat ihm die Tür auf. Sie weinte vor Freude, einen Lebenden zu sehen. Sie hatte gefürchtet, der Tod sei es, der anklopfe. Mit hellem starkem Blick umfasste er ihre Lieblichkeit und behielt ihre Hand in der seinen. So ließ er sich von ihr ins Haus führen. Sie sagte: „Ich glaubte, ich allein sei von allen Menschen übrig geblieben". Und er erklärte ihr, warum er gekommen sei, und er verschwieg ihr auch nicht, dass er bald zu den Westmännerinseln zurückkehren müsse.

Sie führte ihn auf die Bank neben dem Herd und bat ihn, bei ihr zu bleiben. Er versagte sich ihr nicht, aber er sprach: „Du weißt, dass du mich vor Weihnachten gehen lassen musst". Sie zog ihn in den Bann ihrer Lieblichkeit, und sie lebten zusammen in völliger Verlassenheit.

Endlich aber begann ihn die Unruhe zu stechen. Er nahm den Mantel über die Schulter und wollte reisen. Sie sank an seinem Knie nieder und flehte. „Bleib noch ein wenig, einige Stunden nur noch! Die Kameraden werden sich nicht gleich mit aller Strenge an dir rächen, wenn du noch ein wenig verziehst." Er ließ sich bewegen. So hielt sie ihn hin bis an den Vorabend von Weihnachten. Nun wollte er sich mit Gewalt von ihr losreißen. Da sprach das Mädchen: „Du wirst heute Abend die Westmänner-Inseln nicht mehr erreichen. Du hast Gegenwind. Nun kannst du auch ebenso gut bei mir als irgendwo unterwegs sterben.“ Ja, er hatte die letzte Möglichkeit zur Abreise versäumt. Er legte sich auf die Herdbank und bettete den Kopf in den Schoß des Mädchens. Still in sich gekehrt verging ihnen die Nacht. Das Mädchen war guter Dinge. Von Zeit zu Zeit fragte sie ihn, was auf den Westmänner-Inseln vor sich gehe. „Die Kameraden sind dabei, eine Zaubersendung übers Meer zu blasen. Die Sendung wird bald kommen, das ist mein Tod“ antwortete er. „Leg dich in mein Bett. Ich setze mich vor dich hin“ sagte sie. Er tat es. Sie setzte sich mit ausgestreckten Armen vor ihn hin und breitete ihr Schultertuch über ihn.

Da fing es an, er wurde schläfrig. Das war das erste Anzeichen vom Näherkommen der Sendung. Dann schlief er vollends ein. Das Mädchen weckte ihn ab und zu auf und fragte: „Wo ist die Sendung jetzt?“ Er sagte: „Sie wälzt sich gerade über die Straße zu uns her.“

Je näher die Sendung kam, desto fester schlief er. Zuletzt sagte er noch: „Jetzt ist die Sendung auf dem Gelände des Hofes angekommen. Mein Schlaf wird steinern, und du wirst mich nicht mehr aufwecken können.“ Das Mädchen legte sich mit ihrem Körper und ihrem Schultertuch schützend über ihn.

Ein rotbrauner Dampf drang in den Hof ein und näherte sich tastend und suchend dem Haus. Als der Dampf in die Stube gezogen kam, ballte er sich zu der Gestalt eines Mannes zusammen. Das Mädchen fühlte, wie der Leib unter ihr kalt wurde und versteinerte. Da sprach das Mädchen die Gestalt an: „Wohin soll das führen?“ Die Gestalt sagte: „Ich muss einen Treulosen strafen. Steh auf, damit der Auftrag erfüllt werden kann.“ „Warum sollte ich aufstehen?“ fragte das Mädchen. Die Gestalt blähte sich auf, füllte die Stube bis unter das Gebälk, dehnte sich über das Gebälk hinaus und streckte ihre qualmartigen Glieder durch den ganzen Hof. Das Mädchen rief voller Bewunderung ah! und oh! und fragte: „Und wie klein kannst du dich machen?“ „Das kleinste ist eine Fliege“, sagte die Gestalt, sog die zerdehnten Gliedmaßen in sich hinein und wurde zu einer Fliege, die sich auf die Hand des Mädchens setzte. Sie rollte die Finger zu einem kleinen Hohlweg zusammen, den ließ sie vor einem Loch ihres Umhängetuches münden. Die Fliege versuchte durch diesen Hohlweg zu dem Schläfer zu schlüpfen. Da fuhr sie aber in einen hohlen Schafsknochen hinein, den das Mädchen dahinter versteckt gehalten hatte. Sofort verschloss sie die Öffnung des Knochens mit einem Wollpfropfen. Den Knochen mitsamt der Fliege steckte sie in ihre Rocktasche und wartete.

Endlich spürte sie, das Leben kehrte in ihren Freund zurück. Der versteinernde Schlaf wich von ihm. Er erwachte und wunderte sich, dass er lebte. Das Mädchen prüfte ihn und fragte: „Weißt du, wo die Sendung geblieben ist?“ Er strengte sein inneres Ohr an, sein inneres Gesicht, vergeblich, er konnte es nicht finden. Nun feierten sie zusammen Weihnachten in herzlicher Freude und unerschöpflicher Liebe.

Gegen Neujahr wurde der Mann wieder einsilbig. Das Mädchen fragte: „Warum bist du so schweigsam?“ - „Ich sehe die Kameraden in ihrer Höhle, sie haben das Ohr über unsere Herzen gebeugt und behorchen unsere Freude. Sie ballen die Fäuste, sie vereinigen den Blick ihrer Augen, um mir auf den Grund zu schauen. Sie sprechen über meine Treulosigkeit. Sie sagen, sie müssten eine Sendung machen, so stark, dass sie auch die Kraft einer liebenden Frau zu brechen vermag.“ - „Arbeiten sie an der Sendung?“ fragte das Mädchen, und er antwortete: „Sie wringen ihre Stirnen aus, um sie mit einer fürchterlichen Macht aufzuladen. Vor ihr mich zu schützen, wird schwerer sein.“ Das Mädchen tröstete ihn und war guten Mutes.

Als der Neujahrsabend herangekommen war, stand er von der Herdbank auf und sagte: „Ich spüre es wie Eiswind an den Stirnknochen, die zweite Sendung ist schon an Land. Sie fährt unaufhaltbar dahin, und furchtbare Kraft ist in ihr verdichtet.“ Es wurde dunkel. Das Mädchen nahm ihn bei der Hand und führte ihn zu einem Buchenholzstapel. Sie hob einige Bündel auf, darunter lag eine Steinplatte, das war der Eingang zu einer unterirdischen Höhle. Das Mädchen zündete eine Laterne an. Während sie die Stufen hinunter gingen, hielt sie die Laterne in ihrem Rücken. Als sie unten waren, erlosch die Laterne, aber ein anderes Licht war da: In einer Schädelschale brannte flüssiges Gold. Die Schädelschale stand auf einem runden Stein, in den waren Runenzeichen geritzt. In dem Schein des Lichtes lag auf dem Boden ein verwilderter, alter Mann. Er hatte geschlafen. Nun erhob er sich von seinem Farnbett und blickte die Eintretenden mit weißen Augen an.

„Es gibt etwas Neues, meine Pflegetochter, wenn du auf so seltenem Wege bist. Es ist lange her, seit ich dich sah. Was kann ich für dich tun?“ so sprach er. Das Mädchen erzählte ihm alles, und dann merkte sie, dass ihr Freund wieder schläfrig wurde. „Hilf schnell“, sagte das Mädchen, „es kommt schon wieder über ihn.“ „Gib mir den Schafsknochen“, verlangte der Alte. Sie tat es. Er rollte den Knochen, er streichelte den Knochen. Sein Gesicht veränderte sich und wurde milde. Die Flamme des flüssigen Goldes fing an zu zucken. „Tu etwas, bevor die Sendung wirksam wird!“ rief das Mädchen. Da zog der Alte den Wollpfropfen aus dem Knochen. Die Fliege kam hervor, müde und lahm. Er streichelte sie und sprach: „Geh nun. Empfange alle Sendungen, die sie je loslassen aus ihrer Höhle auf den Westmänner-Inseln, und verschlinge sie.“ Schon hörten sie ein Getöse, und die Goldflamme erstarb. Die Fliege flog durch den Treppenschacht empor und wurde draußen zu einem Ungeheuer, dessen Rachen oben den Himmel und unten die Höhle berührte, so weit war er aufgerissen. Und sie empfing die Sendungen, eine nach der andern. Und keine erreichte die Liebenden. Sie lebten auf dem Gehöft des Mädchens, und ihre Kinder wuchsen heran. Die zaubernden Bauern auf den Westmänner-Inseln, die ihr Glück behorchten, gaben den Kampf auf. Sie kamen nach Island zurück und versöhnten sich mit ihrem untreuen Kameraden. Sie gaben der Liebe das größere Recht.

(Erzählfassung von Linde Knoch. Isländisches Märchen. Aufgezeichnet 1947 auf der Insel Heimaey, Westermannaejar, von Werner Helwig. Die Listigen und die Zauberer. Frankfurter Hefte, Sept. 1973)

„Es gibt etwas Neues, wenn du auf so seltenem Wege bist"

Die Kraft des liebenden Mädchens hat ihren Freund einmal vor der Todesbedrohung bewahren können; ein zweites Mal wird es nicht gelingen, das weiß er. Aber das Mädchen kennt „seltene Wege". Sie führt ihn in eine unterirdische Höhle, in der ein alter, verwilderter Mann auf einem Lager aus Farnkraut schläft. Er erwacht, ohne geweckt zu werden; er weiß offenbar, dass und wann er gebraucht wird. Er schaut die beiden mit weißen Augen an.

Mutet dieser Gang in die Tiefe nicht an wie der Weg in die Unterwelt, in das Reich der Toten? Wir kennen aus der griechischen Mythologie die Geschichte von Orpheus und Eurydike: Orpheus hatte seine geliebte Frau verloren; es wurde ihm erlaubt, in die Welt der Toten hinab zu steigen, um Eurydike wiederzugewinnen. Er musste vorangehen und durfte sich beim Gang in die obere Welt nicht nach der Geliebten umdrehen. In der älteren Überlieferung dieses Stoffes erfüllt Orpheus diese Bedingung und bezeugt so seine Macht über den Tod. In der uns geläufigen jüngeren Version dreht Orpheus sich um, und so verliert er seine Eurydike wieder.

Orpheus hat keinen Helfer; Liebe und Klugheit sind seine Ratgeber. In der uns bekannten Fassung ist seine Liebe zu Eurydike größer als seine Klugheit: er kann sich nicht beherrschen und muss sich im Umdrehen der Gegenwart Eurydikes vergegenwärtigen.

In dem isländischen Märchen sind Liebe und Klugheit gewissermaßen getrennt dargestellt: die Liebe in dem Mädchen, die Klugheit in dem alten Mann. Die Liebe des Mädchens hat sich als groß und wirkungsstark erwiesen, nun weiß sie, dass sie kluge Hilfe braucht und wendet sich an ihren „Pflegevater" in der Unterwelt. Junge Menschen wissen, dass sie bei lebenden alten Menschen Rat und Hilfe bekommen können. In dem Märchen wird nun ins Bild gesetzt, dass nicht nur bei lebenden, sondern auch bei verstorbenen Menschen Rat und Hilfe zu gewinnen ist. Besonderes eindrucksvoll ist es, dass der alte Mann die im Knochen eingesperrte „Sendung", die ja als zerstörende Kraft gekommen ist, durch seine Milde umwandelt: Die Gestalt, die ehemals die Liebe vernichten wollte, vernichtet nun den Hass, gerade die Kraft, die sie ausgesandt und verpflichtet hatte.

Auch der Alte aus dem Totenreich gibt der Liebe das größere Recht.

***

Von guten Mächten treu und still umgeben,
behütet und getröstet wunderbar,
so will ich diese Tage mit euch leben
und mit euch gehen in ein neues Jahr.

Noch will das alte unsre Herzen quälen,
noch drückt uns böser Tage schwere Last,
ach, Herr, gib unsern aufgescheuchten Seelen
das Heil, für das du uns bereitet hast.

Und reichst du uns den schweren Kelch, den bittern
des Leids, gefüllt bis an den höchsten Rand,
so nehmen wir ihn dankbar ohne Zittern
aus deiner guten und geliebten Hand.

Doch willst du uns noch einmal Freude schenken
an dieser Welt und ihrer Sonne Glanz,
dann wolln wir des Vergangenen gedenken,
und dann gehört dir unser Leben ganz.

Lass warm und still die Kerzen heute flammen,
die du in unsre Dunkelheit gebracht,
führ, wenn es sein kann, wieder uns zusammen.
Wir wissen es, Dein Licht scheint in der Nacht.

Wenn sich die Stille nun tief um uns breitet,
so lass uns hören jenen vollen Klang
der Welt, die unsichtbar sich um uns weitet,
all Deiner Kinder hohen Lobgesang.

Von guten Mächten wunderbar geborgen,
erwarten wir getrost, was kommen mag.
Gott ist mit uns am Abend und am Morgen
und ganz gewiss an jedem neuen Tag.

Dietrich Bonhoeffer
1906 - 1945

Philemon und Baucis

(Phrygien)

Wenn ihr auf einer Anhöhe zwei einsam stehende Bäume seht, die einander umarmen, so stört sie nicht. Vielleicht wachsen sie dort durch den Willen eines Gottes, so wie die Linde und die Eiche auf einem Hügel in Phrygien.

Einst besuchte der Göttervater Zeus dieses Land. Er wanderte in menschlicher Gestalt durch die Welt, und sein Sohn Hermes begleitete ihn. Eines Tages erreichten sie, von den Strapazen des Weges staubig und erschöpft, eine reiche Ortschaft. Aber vergebens fragten sie nach einem Nachtlager, überall fanden sie verschlossene Türen. Nur in einer Hütte am Rand der Gemeinde wurden sie freundlich empfangen. Sie war zwar klein und nur mit Stroh gedeckt, aber die Gastfreundlichkeit ihrer Bewohner machte die Armut wett. In dieser Hütte lebten lange Jahre in Liebe und Eintracht der alte Philemon und seine Frau Baucis. Sie waren so arm wie ihre Wohnstatt, sie waren Herr und Diener zugleich.

Als die Wanderer die niedrige Hütte betraten, bat sie Philemon, Platz zu nehmen, und Baucis tischte auf. Sie schürte im Kamin das fast erloschene Feuer, stellte einen Kessel mit Wasser auf, kochte ein Stück Geräuchertes und reichte den Gästen Salat und Radieschen dazu, auch Eier und Käse. Philemon brachte einen guten Tropfen herbei. Und als Nachspeise erhielten die Gäste eine Honigwabe, Feigen und Datteln. Das war alles, was die Al-

ten geben konnten, und es war reichlich, denn es kam von Herzen.
Die Alten wussten nicht, wer ihre Gäste waren, aber bald erkannten sie es. Obwohl Philemon nicht nachgießen konnte, füllte sich der Krug durch den Willen der Götter immer aufs Neue mit Wein. Philemon und Baucis erkannten, dass sie von Göttern besucht wurden. Sie rangen die Hände und baten demütig, ihnen das bescheidene Essen zu verzeihen. Um ihre Schuld zu tilgen, liefen sie in den Hof hinaus und begannen ihre einzige Gans zu jagen. Aber die beiden hatten einen schwachen Atem, und die Gans hatte schnelle Flügel. Sie entkam und begab sich unter den Schutz der Gäste, die sie verschonten.

„Wir sind Götter“, sprachen sie zu den Alten „und für eure ungastlichen Nachbarn wird die Strafe nicht ausbleiben. Verlasst eure Hütte und geht mit uns auf jene Anhöhe.“

Philemon und Baucis eilten, sich auf ihre Stöcke stützend, den Göttern hinterdrein. Als sie am Fuß der Anhöhe zurück schauten, sahen sie die Ortschaft im Wasser versinken. Nur ihre Hütte hatte keinen Schaden genommen. Vor ihren Augen verwandelte sie sich in einen Tempel. Der Göttervater wandte sich an die beiden Alten und sprach freundlich zu ihnen: „Eure Güte soll belohnt werden. Sagt euren Wunsch; er wird in Erfüllung gehen“.

Philemon und Baucis berieten sich eine Weile, dann sagten sie: „Wir möchten die Wächter des Tempels werden. Und wenn unsere Zeit abgelaufen ist, möchten wir zusammen sterben, so wie wir bis jetzt gemeinsam gelebt haben“.

Die Götter erfüllten ihnen die Bitte. So lange sie lebten, waren sie die Wächter des Tempels. Und als ihre Stunde kam, sah Philemon plötzlich, wie sich Baucis in grüne Blätter einhüllte. Und Baucis erblickte Philemon von grünen Blättern umgeben. „Leb wohl, liebe Frau!“ – „Leb wohl, lieber Mann!“ sprachen sie leise, dann verstummten ihre Stimmen in den Baumkronen.

Seitdem stehen auf dieser Anhöhe eng beieinander eine Eiche und eine Linde.

(Erzählfassung von Linde Knoch der „Philemon und Baucis“ Erzählung von Ovid aus: Warum die Bäume nicht mehr sprechen können. Dausien Verlag, 1992)

„Wir möchten die Wächter des Tempels werden“.

Die Geschichte von Philemon und Baucis ist eine Umkehrung zu „die Alte, die auf den Lieben Gott wartete“. Die Alte erwartet Gott und erkennt ihn nicht in den Bettlern; Philemon und Baucis erwarten keine Götter, aber sie bewirten sie in den Wanderern und erkennen sie dabei. Die Götter wollen sie für die Gastfreundlichkeit belohnen. Philemon und Baucis sind arm. Es läge nahe, dass sie sich ein wenig Erleichterung für ihr mühseliges Dasein im Alter wünschen. Aber sie sagen: „Wir möchten die Wächter des Tempels werden“. Sie wählen keine materiellen Güter, sondern sehen sich als Mittler zum Göttlichen. Dieser Weisheit muss viel Lebenserfahrung voraus gegangen sein. Der Tempel erscheint mir wie ein Bild für den eigenen Leib, der nicht mehr eine armselige Hütte bewohnt; er wird Hülle für die Göttlichkeit, er ist Raum für das Heilige.

***

Wenn ich vergehe

Wenn ich vergehe
wird die Sonne weiter brennen

Die Weltkörper werden sich
bewegen nach ihren Gesetzen
um einen Mittelpunkt
den keiner kennt

Süß duften wird immer
der Flieder
weiße Blitze ausstrahlen der Schnee

Wenn ich fortgehe
von unserer vergeßlichen Erde
wirst du mein Wort
ein Weilchen
für mich sprechen?

Rose Ausländer

Die drei goldenen Haare

(Rumänien)

Es war einmal ein alter Mann. Mitten in der Nacht, in einer dunklen Nacht, ging er durch den Wald. Sein Licht war fast abgebrannt, und nur mühsam fand er seinen Weg. Da sieht er in der Ferne einen Schein, und Rauch steigt auf. Er geht darauf zu, und als er die Waldhütte erreicht, ist sein Licht niedergebrannt. Kaum, dass er die Tür aufgestoßen hat, sinkt er erschöpft zu Boden. Am Feuer sitzt eine alte Frau, die Uralte. Als sie den Mann sieht, steht sie auf, geht zu ihm und trägt ihn zum Feuer. Da wiegt sie ihn in ihrem Schoß, und sie summt: „m-mh, m-mh, m-mh“, sie wiegt ihn in Schlaf. Die ganze Nacht lang wiegt sie ihn und singt dazu ein altes Lied. Noch bevor der Morgen graut, ist der Alte zu einem jungen Mann geworden, zu einem Jüngling mit goldenem Haar. Die Alte singt weiter: „m-mh, m-mh, m-mh“, und der Jüngling schläft. Als der Morgen dämmert, ist aus dem Jüngling ein Knabe geworden, und als die Nacht dem Morgen weicht, da zupft die Alte dem Kind drei goldene Haare aus und wirft sie auf den Boden: „ping - ping - ping“. Da wacht das Kind auf, die Alte lässt den Knaben von ihrem Schoß, er läuft zur Tür, öffnet sie, und als Morgensonne steigt er zum Himmel hinauf.

(Erzählfassung von Linde Knoch. Rumänisches Märchen. In: Clarissa P. Estés. Die Wolfsfrau. Heyne Verlag. München1996*)*

Jeden Tag

Jeden Tag sterbe ich
und werde neu geboren

Ich bin ein Hauch aus Worten
Silberlilien blühen
in meinem Garten
ein blauer Engel
bringt mir
Himmelsgrüße

Schon geht der Tag zu Ende
ich muss sterben
mein Lichtgott
lass mich wieder
erstehn

Rose Ausländer

„... und als Morgensonne steigt er zum Himmel hinauf".

Wie in „Frau Holles Apfelgarten" wird nach dem Tod das Alte in Junges verwandelt. Am Übergang vom Leben zum Tode und vom Tod zum Leben sitzt eine helfende, haltende, wiegende, singende Kraft, die das Alte empfängt und es verwandelt und es wieder loslässt. Wir wissen nicht, wer sie ist, diese Uralte. Sie scheint eine „alt-junge Göttin Natur" zu sein (Barbara Gerl) oder eine „mythische Figur der Weltmutter" (Joseph Campbell). In den Tantrischen Büchern Indiens scheint sie beschrieben: „... in einem Hain von Bäumen ... die Göttin selbst ist rot vom Feuer des Lebens ... sie ist die Weltgebärerin ... ebenso aber ist sie der Tod alles Sterbenden. Der ganze Kreis des Daseins begibt sich zu ihr, von der Geburt über Jugend, Reife und Alter bis zum Grab".

Wenn wir am Ende unserer Kräfte und unseres Lebens angekommen sind, wie es in dem Märchen dem alten Mann geht, werden wir von einer noch älteren Kraft aufgehoben. Wir dürfen zusammensinken und schlafen und – vielleicht – einen neuen Sonnenaufgang erleben.

Wenn du dies nicht hast,
dieses stirb und werde,
bist du nur ein trüber Gast
auf der dunklen Erde.

Aus „Selige Sehnsucht" von Goethe

***

Zu den Quellennachweisen

Es konnten trotz sorgfältiger Recherche nicht alle Rechteinhaber ermittelt werden. Wenn jemand Ansprüche erhebt, möge er sich melden.

Die Herausgeberin bedankt sich bei den Verlagen für die erteilten Abdruckgenehmigungen und auch für weiterführende Hinweise zum Auffinden von Rechteinhabern.

Wo von den Verlagen bestimmte Vorgaben gemacht wurden, sind diese in den Quellenangaben vermerkt.

Quellenangaben für Märchen

Alle Märchen der Brüder Grimm. In: Kinder und Hausmärchen. Ausgabe letzter Hand mit den Originalbemerkungen der Brüder Grimm. Mit einem Anhang sämtlicher, nicht in allen Auflagen veröffentlichter Märchen und Herkunftsnachweisen hrsg. von Heinz Rölleke. Philipp Reclam Jun. Stuttgart 1982

Der siebente Vater im Haus. In: Heinrich Dickerhoff, Trau deiner Sehnsucht mehr als deiner Verzweiflung, Die Botschaft der Märchen verstehen © Matthias-Grünewald-Verlag, Mainz, 3. Aufl. 2004, S. 51 ff

Deutsche Märchen seit Grimm. Reihe: die Märchen der Weltliteratur. Hrsg. Paul Zaunert. Bd.2. Eugen Diederichs Verlag. Jena 1923 im Heinrich Hugendubel Verlag. Kreuzlingen/München

Deutsche Märchen vor und nach Grimm. Hrsg. Ninon Hesse. Europa Verlag. 1956

Die Maus, die sich fledermauste. In: Linde Knoch. Praxisbuch Märchen. Deuten Verstehen Umsetzen. Gtvh 2001 © S.1.

Die schönsten Märchen der Welt für 365 und einen Tag. Hrsg. von Lisa Tetzner. Luchterhand. Darmstadt 1984

Die Wolfsfrau. Heyne Verlag. Von Christa P. Estés. München 1996

Italienische Märchen. Hrsg. Felix Karlinger. Erschienen bei Diederichs in der Reihe Märchen der Weltliteratur im Heinrich Hugendubel Verlag Kreuzlingen/München

Litauische Volksmärchen. Hrsg. Bronislava Kerbelyté. Akademie Verlag. Berlin 1978

Luchsfellchen. Märchen slawischer Völker. Kinderbuch Verlag. Berlin 1982

Märchen aus China. Weltbild Verlag. Augsburg 1994

Märchen aus Russland. Fischer. Frankfurt/M. 1981

Morgen ist morgen. In: Heinrich Dickerhoff, Trau deiner Sehnsucht mehr als deiner Verzweiflung, Die Botschaft der Märchen verstehen. © Matthias-Grünewald-Verlag, Mainz, 3. Aufl. 2004, S. 54 ff

Norwegische Märchen. Reclam. Leipzig 1988

Rauhnächte. Hrsg. Sigrid Früh. Stendel. Waiblingen 1998

Südchinesische Märchen. Hrsg. Wolfram u. Alide Eberhard. Eugen Diederichs Verlag. Düsseldorf /Köln 1976 im Heinrich Hugendubel Verlag. Kreuzlingen/München

Taikon erzählt Zigeunermärchen. Aufgezeichnet von Karl Hermann Tillhagen. Artemis. München 1973

Warum die Bäume nicht mehr sprechen können. Dausien Verlag. 1992

Quellenangaben für Gedichte

Alle Gedichte von Rose Ausländer. In: Rose Ausländer. Gesammelte Werke. S. Fischer Verlag. Frankfurt a. M. 1990

Dietrich Bonhoeffer. „Von guten Mächten wunderbar geborgen". In: Von guten Mächten wunderbar geborgen. Christian Kaiser Verlag. München 1983 © by Gütersloher Verlagshaus, Gütersloh, in der Verlagsgruppe Random House GmbH, München

Das große deutsche Gedichtebuch. Hrsg. Karl Otto Conrady. Athenäum. Kronberg 1977

Der ewige Brunnen. Ein Volksbuch deutscher Dichtung. Beck. München 1955

Sicher haben Sie jetzt eine Meinung zu diesem Werk.
Wie immer diese ausfällt ... Sie sollten sie dem Autor mitteilen.

Der VerkanntenVerlag organisiert eine ständige Qualitätsdiskussion zu jedem Werk in einem zugeordneten Online-Kritik-Forum:

www.verkanntenverlag.de
(über 'Sachbuch' zur Buchseite, von dort zum Kritikforum)

Hier können Sie mit dem Autor ins Gespräch kommen oder einfach Ihre persönlichen Ansichten mit den Kritiken anderer Leser oder Autorenkollegen vergleichen.

Linde Knoch

Praxisbuch Märchen
Verstehen – Deuten – Umsetzen

Gütersloher Verlagshaus 2. Auflage, Gütersloh 2001
ISBN 3-579-02309-8

Märchen – geheimnisvolle, rätselhafte und doch so wahre Wegweiser des Lebens!

Was ist ein Märchen?
Welche Bedeutung hat das Böse im Märchen?
Welche Märchen eignen sich für welches Lebensalter?
Welche unterschiedliche Wirkung haben Märchen?
Auf welche Weise können Märchen weitergegeben werden?

Diese und viele weitere Fragen beantwortet die Autorin und bietet nicht zuletzt durch eine reichhaltige gelungene Märchen-Auswahl eine bedeutungsvolle Hilfe all denen, die mit Märchen arbeiten möchten:

zu Hause

im Kindergarten

in der Schule

im Krankenhaus